書下ろし

眠り首

介錯人・野晒唐十郎⑭

鳥羽 亮

祥伝社文庫

目次

第一章　夜陰の剣

1

日本橋浜町《にほんばしはまちょう》、戌《いぬ》ノ刻《こく》（午後八時）過ぎ。

浜町堀沿いは深い夜陰につつまれ、汀《みぎわ》に寄せる水音が魑魅魍魎《ちみもうりょう》のざわめきのように聞こえてくる。

星空だが雲が流れ、月を隠していた。淡い星明かりに、堀の黒い水面や川岸に群生している蘆荻《ろてき》だけがかすかに識別できる。

ぽつん、と通りの先に提灯《ちょうちん》の灯《ひ》が見えた。その明かりのなかに浮き上がった人影がふたつ。掘割沿いの道を南へ、大川方面にむかって歩いている。

格子縞《こうしじま》の袷《あわせ》に黒羽織姿の四十がらみの男が、足元を提灯で照らしている若い男に、

「だいぶ、遅くなりましたな」

と、声をかけた。

男の名は民蔵《たみぞう》。行徳河岸《ぎょうとくがし》にある廻船問屋、岩田屋《いわたや》の番頭である。提灯を持っているのは、手代の浜吉《はまきち》だった。

ふたりは商談のため柳橋《やなぎばし》の料理屋、沖之屋《おきのや》の宴席に出た帰りだった。柳橋から両《りょう》

国広小路《ごくひろこうじ》に出て米沢《よねざわ》町の町筋をたどり、浜町河岸へ出たのである。

「店まで、もうすぐでございます」

浜吉が言った。浜町河岸を大川端まで出て、右手にまがれば行徳河岸はすぐである。

そのとき、急に辺りが明るくなった。雲が流れ、月が顔を出したのである。十六夜《いざよい》の月だった。月光が辺りを照らし、黒く沈んでいた水面を淡い青磁《せいじ》色に染めている。

「橋のたもとに、だれかいますよ」

民蔵が前を見ながら言った。

前方に、浜町堀にかかる千鳥《ちどり》橋が黒く浮き上がったように見えていた。その橋のたもとに黒い人影がある。

「こんな夜更けに、何をしてるんでしょう」

民蔵の声に不安そうなひびきがあった。

「夜鷹ですかね」

「女のようには見えませんが」

そんな話をしながら、ふたりは千鳥橋に近付いた。

と、また辺りが深い夜陰につつまれた。黒雲が月を隠したのである。浜吉と民蔵は、提灯の明かりを頼りに、橋のたもとに近付いた。

　提灯の明かりのなかに、立っている黒い人影がかすかに識別できた。男のようである。凝《じっ》と動かない。

「い、急ぎましょう」

　民蔵が震《ふる》えを帯びた声で言った。立っている男が夜陰のなかで獲物を狙《ねら》っている猛獣のように思えたのである。

　急に浜吉の足が速くなり、提灯の灯が揺れた。そのとき、ふいに人影が動き、疾走する足音が聞こえた。

　咄嗟《とっさ》に、浜吉が足音のする方へ提灯をかかげた。その明かりのなかに、走り寄る黒い人影が見えた。しかも、八相《はっそう》に構えた刀身がにぶくひかっている。

　迅《はや》い！　黒い疾風《はやて》のようである。

　ヒイッ、と浜吉が喉《のど》のつまったような悲鳴を洩《も》らし、その場に凍《こお》りついたようにつっ立った。

　次の瞬間、浜吉は、辻斬りだァ、と絶叫し、手にした提灯を迫ってくる人影にむかって投げた。

　人影にむかって飛んだ提灯が路傍《ろぼう》に落ち、ボッ、と音をたてて燃え上がった。その炎のなかに、くっきりと人影が浮かび上がった。面長《おもなが》でやや猫背。蛇を思わせるような細い目をしている。焦茶《こげちゃ》の小袖《こそで》に同色の袴《はかま》。黒鞘《くろざや》の二刀を帯びていた。武士である。

武士は浜吉の眼前に迫っていた。

「た、助けて！」

浜吉が叫び、反転しようとした。

そこへ、武士が踏み込みざま八相から刀身を横に払った。

にぶい骨音がし、浜吉の首が後ろへかしいだ。武士の一颯《いっさつ》が、浜吉の喉仏辺りを深く斬り払ったのである。

次の瞬間、浜吉の首筋から血飛沫《ちしぶき》が噴《ふ》き、闇のなかで黒い驟雨《しゅうう》のように飛び散った。

提灯の燃える炎の明らみのなかに、血を撒《ま》きながらよろめく浜吉の姿が見えたが、すぐに闇に沈み込むように倒れた。悲鳴も呻《うめ》き声も聞こえなかった。夜陰のなかで、噴出した血の地面を穿《うが》つ音がかすかに聞こえただけである。

一方、民蔵は掘割沿いの道を泳ぐように逃げていく。

武士はふたたび刀を八相に構え、民蔵を追って疾走した。提灯が燃え尽き、辺りは濃い闇にとざされていく。その闇のなかに、ふたりの黒い姿が重なって見えた瞬間、ギャッ、と短い悲鳴がひびいた。

民蔵の首筋から血飛沫が上がり、前につんのめるように倒れた。その姿はすぐに闇に呑まれ、低い喘鳴《ぜいめい》だけが聞こえてきた。

武士は血振《ちぶ》りをし、納刀してから民蔵のそばに屈《かが》み込んだ。

そのとき、ふたたび辺りが明るくなった。雲が流れ、月があらわれたのである。その月光のなかに、武士の姿と倒れている民蔵の体がぼんやりと浮かび上がった。

武士は民蔵の死顔に指先を当てて何かつぶやいたようだったが、声にはならなかった。そして、武士は民蔵の懐《ふところ》から財布を抜いた。武士はすこし離れた場所で横たわっている浜吉にも近付き、同じように何かつぶやきながら指先を死顔に当てた。

武士は立ち上がると、夜陰のなかをゆっくりと歩きだした。静かな夜である。足元から汀に寄せる水音だけが聞こえてくる。

2

「この死骸《おろく》、眠ってるような顔してるぜ」

貉《むじな》の弐平《にへい》がつぶやいた。

弐平は四十過ぎ、神田松永町《かんだまつながちょう》に住む岡っ引きである。身丈《みたけ》は五尺そこその短軀《たんく》だが、顔が妙に大きい。眉が濃く、ぎょろりとした目をしている、その風貌が貉に似ていることから、貉の弐平とも呼ばれていた。

この日、女房のお松《まつ》にやらせている亀屋《かめや》というそば屋に、若い下っ引きの寅次《とらじ》が飛び来んで来た。

寅次は十八歳。近所の長屋に住む手間賃稼ぎの大工の次男で、三月《みつき》ほど前にどうしても岡っ引きになりたいといって、弐平の許《もと》へ押しかけてきた男である。

「親分、殺しだ！」

寅次は弐平の顔を見るなり、声を上げた。走りづめで来たらしく、顔が紅潮して赤く染まっている。

「寅、朝っぱらからでけえ声だすな。うちは、そば屋だぞ」

弐平が渋い顔をして言った。

「親分、殺しですぜ。それも、ふたり殺《や》られてるそうで」

寅次は弐平に身を寄せると、急に小声になった。

血色のいい丸顔で、目が糸のように細い。寅というより、眠っている猫のような顔をしている。

「それで、場所はどこでえ」

金にもならない面倒な探索などやりたくもなかったが、殺しと聞いて行かないわけにもいかない。

「橘《たちばな》町の浜町堀でさァ」

「日本橋かい。遠いな」

弐平の縄張ではなかった。知らなかったことにすれば、それでも通る。

「親分、行かねえんですかい」

寅次が不服そうな顔をした。

「だれが、行かねえって言った。おれにも、支度ってものがあるのよ」

弐平は苦々《にがにが》しい顔をして言うと、居間に使っている奥の座敷から十手《じって》を手にして店にもどってきた。

「寅次、ついてこい」

「へい」

そんなやり取りがあって、ここに臨場したのである。

弐平は伏臥《ふくが》している死体のそばに屈《かが》み込み、その死顔に目をやっていた。四十代と思われる大柄な男である。商家の番頭ふうだった。男は首が截断《せつだん》するほど深く斬られ、顔を横にねじまげていた。肩口や地面はどす黒い血に染まっている。ただ、死顔は安らかだった。顎《あご》の辺りがわずかに血に染まっているが、顔には血の色もなく眠っているように静かに目を閉じている。

そのとき、すこし離れた堀際から、

「また、眠り首かい」

という声が聞こえた。

日本橋界隈《かいわい》を縄張にしている岡っ引きの島造《しまぞう》である。島造は、殺されて横たわっているもうひとりの男のそばに屈み込んでいた。島造の脇には下っ引きの仙助《せんすけ》、平次郎《へいじろう》の姿もあった。

——眠り首か。

弐平は胸の内でつぶやいた。岡っ引き仲間から眠り首の噂《うわさ》を聞いていた。半月ほど前、薬研堀《やげんぼり》近くの大川端で武士が何者かに首を斬られ、その死顔が眠っているようにおだやかな顔をしていたことから、眠り首などと呼ぶ者がいたのだ。

ただ、薬研堀界隈は弐平の縄張ではなかったし、斬殺されたのが武士だったこともあって、現場に行かなかったし、探索にもかかわっていなかった。

「松永町の、遠いところ、ご苦労だな」

島造が弐平のそばに近寄ってきて口元にうす笑いを浮かべた。歳《とし》は三十代半《なか》ば。眉《まゆ》が濃く頤《おとがい》の張ったいかつい顔をしている。

「なに、ふたりも殺られてるって聞いたんでな。死骸《ほとけ》の顔だけでも拝んでおこうと思って出てきたのよ」

弐平は仏頂面《ぶっちょうづら》をして言った。

「そうかい。まァ、よろしく頼まァ」

島造は揶揄《やゆ》するように言うと、死体のそばに屈み込み、こっちも、眠り首だぜ、下手人は同じだな、とつぶやくように言った。

「むこうの死骸も、拝ませてもらうぜ」

そう言い残し、弐平がその場を離れようとしたとき、島造のそばにいた仙助が、

「親分、岡倉《おかくら》さまですぜ」

と、声をかけた。

路傍に集まっている人垣が割れ、八丁堀《はっちょうぼり》同心が三人の手先を連れて臨場してきた。南町奉行所定廻り同心、岡倉峰次郎《みねじろう》である。

岡倉は三十がらみ、面長でのっぺりした顔をしていた。細い目がつり上がり、うすい唇をしていた。酷薄そうな感じのする顔である。

島造は岡倉の姿を見ると、慌《あわ》てた様子でそばに走り寄った。島造は岡倉から手札をもらっていたのである。

島造は岡倉に身を寄せると、何やらしきりにしゃべっていた。現場の様子を報《し》らせているのであろう。

弐平は近付いてきた岡倉に頭を下げると、もうひとりの死骸のそばに歩を寄せた。弐平は岡倉の手先ではなかったので、腰巾着《こしぎんちゃく》のようにはり付いて歩きまわることはなかったのである。

もうひとりは若い男だった。横臥していた。やはり、首を斬られ、首筋と胸部がどす黒い血に染まっていた。

「こっちも、眠っているぜ」

前の死骸と同様、瞼《まぶた》をとじ、穏《おだ》やかな顔をして死んでいた。ただ、着物は乱れていた。着物の裾がめくれ上がり、太股《ふともも》あたりが露《あらわ》になっていた。胸もはだけて、血に染まった肋骨《ろっこつ》が覗《のぞ》いている。

——下手人が、目をとじさせたにちげえねえ。

と、弐平は思った。

めずらしいことではなかった。肉親や親しい者をやむなく殺害したとき、下手人はせめてもの罪滅《ほろ》ぼしに死者の目やあいたままの口をとじさせ、穏やかな顔に変えることがあるのである。

かといって、この事件の下手人が、殺されたふたりの肉親や縁者とはかぎらない。ただ単に、凄《すさ》まじい形相《ぎょうそう》の死顔を嫌悪しただけかもしれない。

そのとき、死骸のそばに屈んで検屍していた岡倉が立ち上がり、

「辻斬りだ。懐《ふところ》の財布を抜かれてる」

と声高に言った後、

「ここで、つっ立ってたって、埒《らち》はあかねえ。昨夜《ゆうべ》の殺しを見た者がいねえか、近所で聞き込んでみろ」

身辺に集まっていた手下たちに命じた。

3

岡倉の命で島造たち数人の手先がその場を離れ、浜町堀沿いの通りへ散った。付近に集まった野次馬から話を訊《き》く者もいた。

弐平も寅次を連れて、その場を離れた。まず、殺されたふたりの身元をつかもうと思い、野次馬に話を訊くと、すぐに知れた。四十代と思われる男が廻船問屋岩田屋の番頭、民蔵で、若い方が手代の浜吉だという。

「寅、岩田屋へ行ってみるかい」

弐平は、昨夜、ふたりが何処《どこ》へ出かけたのか訊いてみようと思ったのである。

「へい、殺されたふたりから、下手人を手繰《たぐ》るってわけで」

寅次が目をひからせて言った。やけに意気込んでいる。下っ引きになってから、これだけ大きな事件にかかわるのは初めてなのだ。

「まあな。……寅、この事件《やま》は岡倉さまや島造がかかわってるんだ。出しゃばった真《ま》似《ね》をするんじゃァねえぞ」

弐平は寅次を睨《にら》みつけて釘を刺した。下手に動いて岡倉や島造の顔をつぶすようなことにでもなれば、下手人をつき止めてお縄にしても岡倉たちの反感を買うだけで、弐平の得る物は何もないのだ。

「分かってやすよ」

寅次が首をすくめて言った。

途中、大八車を引いた岩田屋の奉公人たちと擦《す》れ違った。足をとめさせて訊くと、殺されたふたりの亡骸《なきがら》を引き取りに行くところだという。

一行は六人いた。手代ふたりと船頭が四人である。だいぶ急いでいるようなので、弐平はそれ以上のことは訊かずに一行を解放し、岩田屋にむかった。

岩田屋は江戸でも名の知れた廻船問屋の大店《おおだな》である。河岸に面した店舗と土蔵、それに船荷をしまっておくための倉庫が三棟もあった。すでに、民蔵と浜吉が殺されたことは店の奉公人たちも知っているらしく、印半纏《しるしばんてん》を着た奉公人や船頭などが顔をこわばらせて出入りしていた。

弐平は店先にいた利之助《りのすけ》という手代をつかまえて事情を訊いた。

利之助によると、民蔵と浜吉は昨夜、商談のため柳橋に出かけ、その帰りに殺されたらしいという。

「なんてえ店だい」

弐平は念のために訊いた。

「沖之屋でございます」

沖之屋は柳橋でも名の知れた老舗《しにせ》だった。富商や大名の御留守居役などがよく利用している。

「それで、相手はだれだい」

弐平は宴席の相手を訊いた。

「名は存じませんが、滝川《たきがわ》藩の方だと聞いております」

「相手は大名かい。滝川藩というと、越後《えちご》だったな」

弐平が知っていたのは、越後国の大名であることだけで、石高《こく》も藩主の名も知らなかった。

「はい、てまえの店は滝川藩の米を越後から江戸まで廻漕《かいそう》しております。その相談があって、出かけたと聞いております」

利之助が、うちでは滝川藩の蔵元をさせてもらっておりまして、と小声で言い添えた。

「ところで、大事な商談にあるじは行かなかったのかい」

弐平が訊いた。

「はい、商談ともうしましても、打ち合わせのようなものでして……」

利之助は語尾を濁した。あまり、商売のことは話したくないようである。

「そうかい」

特に不審な点はなかった。相手が大名ともなれば、談合相手を帰りに斬殺するような真似《まね》はしないだろう。

それから、弐平は下手人についての心当たりや民蔵と浜吉が恨《うら》まれているようなことはないか訊いたが、利之助は首を横に振るばかりだった。

弐平は岩田屋の店先を離れ、来た道を引き返し始めた。

「親分、これからどこへ行きやす」

弐平の後ろに付きながら寅次が訊いた。

「松永町に帰《けえ》るんだよ」

「帰るって、番頭と手代殺しの探索はしねえんですかい」

寅次が不満そうな顔をした。

「しばらく、様子を見るんだ。これ以上、嗅《か》ぎまわったって何も出て来やァしねえよ」

弐平は、辻斬りをひっくくって、けりの付くような簡単な事件ではないような気がした。何か根拠があったわけではなく、岡っ引きとしての勘といってもいい。弐平は口をへの字に引き結び、むっつりと押し黙ったまま歩いていた。寅次は渋い顔をしたままふて腐れたように肩を揺すりながら跟《つ》いてくる。

「どうも気になるな」

弐平がつぶやくと、それを耳にした寅次が飛び付くような勢いで走り寄り、

「親分、何が気になるんです？」

「眠り首だよ」

「眠り首……」

寅次が首を伸ばして弐平に顔をむけた。

「大川端で、斬り殺された侍《さむれえ》も同じだ。眠っているような顔をしてたそうだぜ」

弐平は、下手人は死者の霊を慰《なぐさ》めるためや己の心の救済のためではなく、何か特別な意味があって殺した相手の目をとじているのではないかと思ったのだ。それに、これからも同じような殺しがつづきそうな気がした。

「親分、こりゃァでけえ事件《やま》だ！」

寅次が目を剝《む》いて言った。

「駆け出しのくせに、利《き》いたふうなことをぬかすんじゃァねえ」

弐平は叱《しか》りつけるように言って、せかせかと歩きだした。

4

うららかな春の陽が庭に満ちていた。枯《か》れ草でおおわれた地面をみずみずしい新緑がつつみ始めている。

狩谷唐十郎《かりやとうじゆうろう》は縁先で茶碗酒を飲んでいた。陽射しのなかを渡ってきた風はやわらかく春の匂いを含んでいた。

庭をおおった枯れ草のなかから、ぽつぽつと小さな石仏が顔を覗かせていた。身丈《みたけ》一尺二、三寸の石像で、唐十郎が近所の石屋に頼んで彫ってもらったものである。

唐十郎は刀の利鈍のほどを試す市井《しせい》の試刀家だが、ときには切腹の介錯《かいしやく》、町方に追われる恐れのない上意討ちや敵《かたき》討ちの助太刀などにも手を染めていた。そのため、これまでに多くの者を斬殺してきたのだ。

それぞれの石仏の背中には、唐十郎が手にかけた者の名と享年が刻んであった。唐十郎は、己《おのれ》の手で命を奪った者の怨霊《おんりよう》を慰《なぐさ》めるとともに自己救済のために石仏を立て、供養《くよう》してきたのである。

供養といえば聞こえはいいが、唐十郎の場合、庭に石仏を立てたとき頭から酒をかけてやるだけで、放置してある。雑草ひとつ抜くわけではなく、庭は荒れ放題である。

唐十郎には野晒《のざらし》という異名があった。この名は野晒し状態で並べられた石仏からきていたが、唐十郎自身、野晒しの石仏と同じように荒廃した暮らしをつづけてきたからでもある。

唐十郎は眠ったように目を細め、手酌で飲んでいた。色白で端整な顔立ちをしていたが、その白皙《はくせき》には物憂《ものう》いような翳《かげ》があった。多くの者を斬殺してきたからであろうか。

半刻（一時間）ほど前から、唐十郎のいる母屋の前にある道場から、気合と木刀を打ち合う音が聞こえていた。本間弥次郎《ほんまやじろう》と助造《すけぞう》が小宮山《こみやま》流居合の奥伝三勢《おくでんさんせい》の稽古《けいこ》をしているらしい。

唐十郎は、名目上小宮山流居合を教授する狩谷道場の主《あるじ》ということになっていた。弥次郎は狩谷道場に古くからいる師範代で、助造は門弟である。もっとも、道場といっても門弟は弥次郎と助造のふたりしかいないので、稽古の場にすぎないだろう。

——助造も、奥伝三勢が身についてきたようだ。

音だけで、両者の動きや太刀捌《さば》きがみてとれるのだ。唐十郎には、気合と木刀を打ち合う
奥伝三勢は、小宮山流居合の奥義《おうぎ》ともいえる技で、山彦《やまびこ》、波返《なみがえし》、霞剣《かすみけん》からなる。

ちなみに、小宮山流居合には基本技である初伝八勢《しょでんはっせい》、実戦を想定した中伝十勢《ちゅうでんじっせい》があり、初伝と中伝を身につけたものが奥伝へ進むのである。

助造は武州箕田村《ぶしゅうみだむら》の百姓の倅《せがれ》で、江戸へ出て四年の余である。箕田村にいたころ、忍《おし》城城下の小野《おの》派一刀《いっとう》流の道場で学んでいたこともあって、居合の上達も早かった。

そのとき、道場から聞こえていた気合と木刀を打ち合う音がやんだ。稽古を終えたらしい。いっときして、縁先の方へ走り寄る足音が聞こえた。

助造である。ひどく慌《あわ》てているらしく、庭にはびこった雑草に足をとられて、何度も転びそうになった。

「お、お師匠、道場破りです！」

唐十郎と顔を合わせるなり、助造が声を上げた。

「道場破りだと」

唐十郎は驚いた。門弟がふたりしかいない荒れ道場に、道場破りがあらわれるなどとは思ってもみなかったのだ。

「道場にいるのか」

「は、はい、武士が三人」

「三人もいるのか」

三人で道場破りというのも妙である。せっかちな助造が勘違いしたのであろう、と唐十郎は思った。

「本間さまに、お師匠をお呼びするように言われて来ました」

助造は、早く来てくれ、と言わんばかりに、縁先で足踏みしている。

「覗《のぞ》いてみるか」

唐十郎は手にした湯飲みを縁先に置いたまま腰を上げた。

道場のなかほどに三人の男が端座していた。いずれも武者修行中の武芸者には見えなかった。羽織袴姿で、御家人か江戸勤番の藩士といった感じのする男たちである。

唐十郎が三人の前に対座すると、

「狩谷唐十郎どので、ござろうか」

正面にいた大柄な男が誰何《すいか》した。

五十代後半であろうか。手足が細く、長い首をしていた。身辺に落ち着きがある。剣客というより、能吏《のうり》といった感じがした。それに、衣装も上物で、重臣のような雰囲気があった。三人のなかでは頭格と思われた。

「いかにも、狩谷だが。そこもとは」

「倉西武左衛門《くらにしぶざえもん》にござる」

名乗っただけで、身分も生国も口にしなかった。身分の高そうな武士だが、幕臣なのか大名の家臣なのかも分からない。

倉西につづいて中背で痩身《そうしん》の男が、林勘兵衛《はやしかんべえ》と名乗った。四十がらみ、眉が濃く眼光の鋭い男である。胸が厚く、腰もどっしりとしていた。この男は、武芸で鍛《きた》えた体であることが見て取れた。

つづいて、林の脇に端座していた二十歳《はたち》前後と思われる若い武士が、

「それがし、瀬崎喬八郎《せざききょうはちろう》ともうす。小宮山流居合を一手ご指南いただきたい」

と、唐十郎を見すえながら言った。

顔が紅潮し、双眸《そうぼう》がひかっている。全身に気勢が満ち、いまにも刀をつかんで立ち上がりそうな気配があった。

「若先生、お三方は越後国より剣の修行のため江戸へ出て、小宮山流居合の剣名を聞いて立ち寄ったとのことです」

脇に座している弥次郎が口を添えた。

弥次郎は唐十郎の父、重右衛門《じゆうえもん》が生きていたころからの門弟で、いまでもそのころと同じように唐十郎のことを若先生と呼んでいる。

「ここは、見たとおりの荒れ道場。江戸には、名のある大道場がいくらもある。剣の修行なら、他の道場を訪ねたらよろしかろう」

この時代（安政《あんせい》元年、一八五四）、江戸は武芸熱が高まり、多くの町道場が隆盛していた。天下に名の知れた大道場だけでも、千葉周作《ちばしゆうさく》の北辰《ほくしん》一刀流玄武館《げんぶかん》、斎藤弥《さいとうや》九郎《くろう》の神道無念流練兵館《しんとうむねんりゆうれんぺいかん》、桃井春蔵《もものいしゆんぞう》の鏡新明智流士学館《きようしんめいちりゆうしがくかん》、伊庭軍兵衛《いばぐんべえ》の心形刀《しんぎようとう》流《りゆう》伊庭道場など、枚挙《まいきよ》にいとまがない。

「どうあっても、一手ご指南いただきたい」

瀬崎が語気を強めて言った。

すると、倉西が、狩谷どの、この者の望みかなえてはいただけぬかな、と唐十郎を見すえて言った。

「うむ……」

どうやら、立ち合いを望んでいるのは瀬崎だけらしい。倉西と林は検分役のような立場なのであろうか。それにしても、妙な三人組である。

――何か、いわくがありそうだ。

と、唐十郎は思った。

5

「よかろう。お相手いたそう」

唐十郎が立ち上がろうとすると、

「まずは、それがしが、お相手つかまつります」

と言って、弥次郎が唐十郎を制した。有無を言わせぬ強いひびきがあった。

「まかせよう」

唐十郎は、弥次郎が瀬崎に後れを取るとは思わなかった。

瀬崎は腰が据わり、座位にも隙がなかったが、二十歳そこそこの若者が弥次郎を越える腕の主であろうはずがない。

「師範代の本間弥次郎でござる。お相手いたしましょう」

弥次郎が腰を上げた。

「ご師範代なれば、相手に不足はござらぬ」

そう言って、瀬崎は勇んで立ち上がった。

唐十郎や倉西たちは、道場の両脇に身を引いて座した。

「それで、武器《えもの》は」

弥次郎が訊いた。道場の板壁には稽古用の竹刀《しない》と木刀がかかっていたが、面、籠手《こて》の防具はない。

「それがしは木刀を遣《つか》わしていただくが、本間どのは居合なれば、木刀というわけにはいきますまい」

「いや、当流には抜き合わせからの技もござれば、木刀でお相手いたす」

そう言うと、弥次郎は木刀を手にした。

瀬崎はすばやくふところから細紐《ほそひも》を取り出し、襷《たすき》で両袖を絞り、袴の股立《ももだち》を取った。一方、弥次郎は稽古着の筒袖で、すでに袴の股立を取っていたので、すぐに瀬崎と向き合った。

「いざ、参る！」

瀬崎が甲高《かんだか》い声を上げた。

ふたりの間合は三間の余。弥次郎は左手に木刀を持ったまま瀬崎と対峙《たいじ》した。

瀬崎は青眼《せいがん》に構えた。剣尖《けんせん》が、弥次郎の目線にぴたりとつけられている。隙《すき》のない構えである。

弥次郎も青眼に構え、剣尖を瀬崎の目線につけた。瀬崎と同じ構えである。弥次郎は『山彦《やまびこ》』を遣《つか》うつもりだった。

小宮山流居合の奥伝三勢に山彦と呼ばれる秘剣がある。小宮山流居合のなかでは、敵と抜き合わせて戦う唯一の技である。

山彦は敵が青眼に構えれば青眼に、敵が八相に構えれば八相に構え、敵とまったく同じ動きをする。谺《こだま》のごとく同じ動きをすることで、敵の次の攻撃を読むと同時に敵の戸惑《とまど》いを誘い、一瞬の隙を衝《つ》いて斃《たお》すのである。

瀬崎が、つ、と間合をつめた。すかさず、弥次郎も、つ、と間合をつめる。ふたりの間合は狭まったが、同じように青眼に構えたままである。

瀬崎の顔に、戸惑うような表情が浮いた。弥次郎が己と同じ動きをしていることに気付いたようだ。

フッ、と瀬崎が剣尖を下げた。すかさず、弥次郎が剣尖を下げる。

瀬崎の顔が戸惑いと疑念でゆがんだ。弥次郎が何をしようとしているのか読めず、不安と疑念が湧《わ》いたらしい。

イヤアッ！

突如、瀬崎が裂帛《れっぱく》の気合を発し、切っ先を大きく上下させた。気合で不安と疑念を払い、弥次郎の動きをとめようとしたのであろう。

が、間髪を入れず、弥次郎は鋭い気合を発し、木刀の先を上下させた。

「おのれ！」

瀬崎が苛立《いらだ》ったように声を上げ、グイと一足一刀の斬撃《ざんげき》の間に踏み込んできた。

瀬崎は全身に気勢がみなぎり、打突の気配が疾《はし》った。

と、弥次郎の体が躍《おど》り、木刀が瀬崎の手元に伸びた。ほぼ同時に、瀬崎は真《ま》っ向《こう》へ打ち込もうと木刀を振り上げた。

戛《かつ》、
と、木刀を打つ甲高《かんだか》い音がひびき、瀬崎の木刀が撥《は》ね上がった。弥次郎が瀬崎の打ち込みを読み、下から木刀を逆袈裟《ぎゃくげさ》に撥ね上げたのである。
ト、ト、と瀬崎が前に泳いだ。勢い余って、体勢がくずれたのである。
次の瞬間、弥次郎は脇へ跳びざま胴を払った。逆袈裟から胴へ。一瞬の太刀捌《たちさば》きである。

胴を打つにぶい音がしたが、それほどの強打ではない。弥次郎が手の内を絞《しぼ》って、打ち込みをとめたのである。

瀬崎は反転してふたたび木刀を青眼に構え、

「い、いま、一手！」

と、声を上げた。

瀬崎は驚愕《きょうがく》に目を剝《む》いている。弥次郎が、これほどの遣い手とは思わなかったのであろう。

「待て、瀬崎」

倉西が声をかけた。

「そこまでにいたせ。おまえの敵《かな》うような相手ではない」

倉西がたしなめるように言うと、瀬崎は無念そうに顔をゆがめて木刀を下ろした。

瀬崎と弥次郎が道場の中央にもどって膝《ひざ》を折ったのを見てから、倉西と林が道場のなかほどに進み出、唐十郎たち三人とあらためて対座した。瀬崎はふたりの背後に膝を折り、神妙な顔をして唐十郎たちに目をむけている。

「ご無礼の段、ご容赦《ようしゃ》くだされ。われら、ゆえあって、狩谷どのと本間どのの腕のほどを確かめさせていただいたのでござる」

倉西がそう言い、三人はあらためて頭を下げた。

唐十郎は驚かなかった。そんなことではないかと思っていたのである。それというのも、倉西は武芸者らしくなかったし、林の身辺からも殺気や闘気がまったく感じられなかったからである。

6

「それがし、越後国、滝川藩の江戸留守居役でござる」

倉西が声をあらためて言った。

すると、林が、滝川藩の徒士頭《かちがしら》にござる、とつづけ、瀬崎が、

「それがしは、林さまの配下にございます」

と、神妙な顔をして言い添えた。

唐十郎は滝川藩が七万石の外様大名であることは知っていたが、藩主の名も江戸の藩邸がどこにあるかも知らなかった。むろん、家中に縁者や知己《ちき》もいない。

「して、御用の筋は」

唐十郎が訊いた。

「狩谷どののお力を貸していただきたい」

倉西が言った。

「力を貸せと言われると」

「江戸勤番の者から、狩谷どのの噂を聞きもうした。試刀や刀の目利きの他に、切腹の介錯や討手の助勢などもなされるとか」

「うむ……」

唐十郎は黙っていた。確かに切腹の介錯や討手の助勢をすることもあるが、できれば己の命を賭《か》けるような仕事はしたくないのである。

「わが藩の恥を話すことになりますが、国許で罪を犯した三人の家臣が出奔《しゅっぽん》いたし、江戸に潜伏しているとの情報を得たのです。そこで、殿の上意により国許より七人の討手が江戸に派遣されました」

倉西がそう言うと、

「それがしと瀬崎も、その討手でござる」

と、林が言い添え、瀬崎もうなずいた。

「それで」

唐十郎が話の先をうながした。

「ところが、三人の潜伏先はつかめず、半月ほど前には討手のひとり、黒沢竹之助《くろさわたけのすけ》が三人のうちのひとりに討たれる始末です。このままでは三人を討つことは難しく、狩谷どののお力を借りたいと存念した次第です」

倉西がもっともらしく言った。

唐十郎は腑《ふ》に落ちなかった。倉西の話から判断すれば、上意討ちである。滝川藩には大勢の家臣がいるだろう。そのなかから討手七人は選ばれたはずである。それを、ひとりが討たれたからといって、すぐに市井の試刀家などの助太刀を頼むだろうか。

「いかがでござろう」

倉西が身を乗り出すようにして訊いた。

「討手は六人、相手は三人。助太刀はいらぬような気がするが」

唐十郎は疑念を口にした。弥次郎も同じ思いを抱いたらしく、脇でちいさくうなずいた。

すると、倉西の脇に座していた林が後を取って話しだした。

「それが、出奔した三人は尋常な遣い手ではないのです。ひとりは一刀流の手練で、ふたりは鬼迅流《きじんりゅう》なる剣の遣い手でござる」

「鬼迅流とは」

初めて名を聞く流派だった。

林によると、鬼迅流は滝川藩の領内に伝わる土着の剣法で、その体捌きが異様に迅《はや》いことから鬼迅流と名付けられたそうである。

「よほどの遣い手のようだな」

討手六人で、かかっても討ち取れないとみて助太刀を頼む気になったらしい。

「確かに、江戸には多くの家臣が在府してござる。されど、市中で徒党を組んで斬り合うようなことにでもなれば幕府に睨《にら》まれ、藩が咎《とが》められる恐れもございましょう。そうならぬよう、内密に始末したいのでござる」

倉西が言い添えた。

「なるほど」

唐十郎は腑に落ちた。剣の遣い手三人を、江戸市中でひそかに始末するには唐十郎のような男は打って付けかもしれない。

唐十郎は弥次郎に目をやった。弥次郎が、どう思っているか知りたかったのだ。それというのも、倉西たちには、唐十郎だけでなく弥次郎にも頼みたい気持ちがあるらしかったからである。

弥次郎は唐十郎と目を合わせると、ちいさくうなずいた。受けてもいいという意思表示である。

「承知した」

唐十郎が言った。

「それは、ありがたい」

倉西がほっとしたように顔をくずした。林の顔にも安堵の表情が浮いたが、瀬崎は顔を紅潮させ、目をひからせて唐十郎たちを見つめていた。

「ただ、われらは三人を討つ助勢だけで、探索までするつもりはないが」

唐十郎が念を押すように言った。

「承知してござる。三人の所在は、われらが探り出しましょう」

林が言った。

「三人の名を聞いておこうか」

「小林八十郎《こばやしやじゅうろう》、一文字弥助《いちもんじやすけ》、それに馬崎新兵衛《まざきしんべえ》にござる」

林は、簡単に三人の体軀や風貌《ふうぼう》を話し、小林と一文字が鬼迅流、馬崎が一刀流を遣うことを言い添えた。

唐十郎は三人の名を聞いた覚えはなかった。弥次郎も知らないらしく、首をひねっている。

「些少《さしょう》でござるが、支度金としてお納めくだされ」

そう言って、倉西が懐《ふところ》から袱紗《ふくさ》包みを取り出した。切餅《きりもち》がつつんであるらしい。

倉西は袱紗包みを唐十郎の膝先に押し出すと、三人を討ち取った後で、相応の礼をすることを言い添えた。袱紗包みのふくらみ具合から見て、切餅が四つ。百両はありそうだった。

「いただいておく」

唐十郎は、袱紗包みごと懐に入れた。後で弥次郎と助造に相応の金を渡すつもりだった。

それから小半刻（三十分）ほど、今後のことについて打ち合わせた後、唐十郎が腰を上げると、

「お願いがございます！」

と、瀬崎が声を上げた。

見ると、瀬崎は両手を床に突き、思いつめたような顔で、立ち上がった唐十郎を見つめている。

「なにかな」

唐十郎が訊いた。

「それがしを、弟子にしていただきたいのです」

「小宮山流居合を修行したいのか」

「は、はい」

瀬崎は必死の顔付きをしていた。弥次郎と立ち合って小宮山流居合の精妙に触れ、その気になったのかもしれない。

「見たとおりの荒れ道場。江戸で剣の修行をしたいなら、そこもとに相応《ふさわ》しい道場はいくらもある」

唐十郎は苦笑いを浮かべながら言った。

倉西と林は困惑したような顔をして、瀬崎に目をむけた。突然、瀬崎が予定外のことを言い出したからであろう。

だが、倉西が礑《はた》と膝を打ち、

「それは、よい。瀬崎が門弟として通えば、狩谷どのとの連絡は密になるし、剣の修行もできる。まさに一石二鳥ではないか」

と、声を大きくして言った。

どうやら、倉西の肚《はら》は瀬崎を唐十郎たちとの連絡役に使いたいようだ。

そのとき、助造が身を乗り出し、

「瀬崎どの、いっしょに稽古しましょう」

と、満面に喜色を浮かべて言った。助造は自分と同年齢の門弟がいないので、いつも寂《さび》しい思いをしていたのだ。

「おれは門弟にする気はないが、道場で稽古するのは勝手だ」

唐十郎はそう言い置いて、ひとり道場を出た。

7

道場内に気合と床板を踏む音がひびいていた。弥次郎、助造、瀬崎が、居合の稽古をしているのだ。弥次郎が真剣を遣って初伝八勢のうちの真向両断《まっこうりょうだん》を抜いて見せ、つづいて助造と瀬崎が同じように抜く。その繰り返しである。

小宮山流居合の初伝八勢は、立居《たちい》、正座、立膝《たちひざ》からの抜きつけを基本とする技で、真向両断、右身抜打《うしんぬきうち》、左身抜打《さしんぬきうち》、追切《おいぎり》、霞切《かすみぎり》、月影《つきかげ》、水月《すいげつ》、浮雲《うきぐも》からなる。この初伝八勢のなかには居合を学ぶ者がまず身につけねばならない居合腰、抜刀、体捌きなどの基本が盛り込まれている。

——飲み込みが早い。

唐十郎は、瀬崎の稽古を見ながら思った。

瀬崎は国許で一刀流の道場で剣を学んでいて、なかなかの遣い手だったが、それでも居合は初心者である。それが、初めて学ぶ居合腰の構え、抜刀の呼吸、体捌きなど、なかなか様になっているのだ。

弥次郎の教授もいつになく熱が入っていた。いつも、助造だけを相手にしていたが、新しい門弟をむかえて張り切っているようだ。

唐十郎は半刻（一時間）ほど、道場の隅に座り込んで三人の稽古を眺めていたが、立ち上がると、ふらりと道場を出ていった。

唐十郎は『亀屋』に行くつもりだった。亀屋は同じ松永町にあるそば屋で、弐平という岡っ引きが女房にやらせている店である。唐十郎は面倒な仕事を依頼されたとき、事件の背景を探ったり依頼主を洗ったりを弐平に頼むことがあった。それというのも、相手の言い分を鵜《う》呑みにして依頼された相手を斬ると、逆恨《さかうら》みされたり、下手をすると町方の探索を受けないともかぎらないからだ。弐平は金にうるさいことに目をつぶれば、頼りになる岡っ引きだった。

唐十郎は倉西たちと会った後、道場に通いはじめた瀬崎から、依頼された件について さらに詳《くわ》しく訊いていた。

瀬崎によると、滝川藩では藩主、長井播磨守貞盛《ながいはりまのかみさだもり》が病弱で隠居したがっており、世継ぎをめぐって内紛があるという。

嗣子《しし》、竹之助《たけのすけ》八歳を担《かつ》ぐ者と、貞盛の弟で部屋住みの嘉勝《よしかつ》を担ぐ者に藩内が二分され、対立していた。原因は貞盛が病弱で気が弱くなり、近年弟の嘉勝の言いなりになることが多くなったためらしい。ただ、国家老など主だった重臣たちが竹之助を強く推《お》していたため、表立った抗争はなく、嘉勝派は陰で動くことが多かった。そのようなおり、国家老の片腕であり、強く竹之助を推していた勘定奉行の島村兵右衛門《しまむらへいえもん》が、何者かに暗殺された。

「島村さまを暗殺し、出奔したのが、われらが討つべき三人です」

瀬崎は、さらに三人のことをくわしく話した。

小林は馬役《うまやく》で五十石を喰《は》み、三人のなかでは頭格だという。一文字は横目《よこめ》で、小林の弟弟子。馬崎は郷士で、巨漢の主《ぬし》だそうである。

なお、横目は徒士や郷士の非違《ひい》を探る卑役だという。

「小林たち三人は、国許では名の知れた遣い手で、嘉勝派の者が栄進や藩の剣術指南役などを餌《えさ》に、味方に引き入れたとみております」

瀬崎は怒りの色を浮かべて言い添えた。

「そうか」

藩内の対立の様子は分かった。ただ、唐十郎は滝川藩の世継ぎがだれであろうとかかわりはなかった。依頼された三人の出奔者を討ち取ればいいのである。

「ところで、討手の六人は」

唐十郎は、殺された黒沢を除く六人のことを知っておきたかった。

「それがしと林さま、それに、愛宕下《あたごした》の上屋敷に四人おります」

瀬崎は四人の名を挙げた。

清川助左衛門《きよかわすけざえもん》、大河内庄助《おおこうちしようすけ》、小川治三郎《おがわじさぶろう》、関口小十郎《せきぐちこじゆうろう》。いずれも、剣の遣い手だという。

「斬られた黒沢も遣い手だったのだな」

唐十郎は、あらためて訊いた。

「はい、黒沢どのは首を斬られておりましたので、おそらく小林か一文字の手にかかったものと思われます」

「なにゆえ、分かるのだ」

「鬼迅流には、鬼疾風《おにはやて》と呼ばれる首を斬る技があると聞いております」

「鬼疾風とな」

「はい、首だけを狙う特異な刀法とか」

「うむ……」

そのとき、唐十郎は冷たい風が背筋をかすめていったような気がした。鬼疾風という技名から推《お》しても、得体の知れない不気味な技のようである。

亀屋には暖簾《のれん》が出ていた。店に入ると、数人の客がそばをたぐっていた。ちょうど、そばを運んできたお松が、唐十郎を目にし、

「旦那、いらっしゃい」

と、愛想《あいそ》のいい声をかけた。

お松は弐平の女房で、唐十郎とも顔馴染《なじ》みだったのだ。お松はまだ二十歳そこそこだった。赤い片襷《かただすき》で絞った袖口から、白い腕があらわになっていた。色白で豊満な体をしている。

お松は派手好きで、贅沢《ぜいたく》だった。弐平が金にうるさいのは、お松のせいでもある。弐平が稼いだ金の多くはお松の着物、帯、櫛《くし》、簪《かんざし》などに化けているのだ。

「そばをもらうかな」

唐十郎は近くの飯台に腰を下ろした。

「うちの旦那に、用があるんでしょう」

お松が訊いた。

「まァ、そうだ」

「待ってて、すぐ呼ぶから」

お松は、そう言い残して板場にもどった。

8

お松と入れ替わるように、弐平が顔を出した。前だれで濡れた手を拭き拭き、唐十郎のそばに近寄り、

「旦那、お久し振りで」

と、ニヤニヤ笑いながら言った。

「店の手伝いか」

「お上の仕事で、忙しいんですがね。ちょうど、手があいたもので」

「頼みたいことがあるのだが、忙しいなら、またにするが」

唐十郎がそう言うと、弐平は大きな顔を近付け、

「いつも言ってるでしょうが、旦那のためだったら何でもするって」

と、耳元でささやいた。満面に愛想笑いを浮かべている。

「それなら、頼むが。越後国の滝川藩を知っているか」

「へい」

弐平の顔から笑いが消え、腕利きの岡っ引きらしい凄味《すごみ》のある顔になった。

弐平の表情が変わったのを見て、

「弐平、何か心当たりがあるのか」

唐十郎が訊いた。

「心当たりも何も、まだ旦那から話を聞いちゃァいえね」

このとき、弐平は滝川藩と聞いて岩田屋の番頭と手代が殺された事件とつなげたのだが、そのことは口にしなかった。まずは、唐十郎の話を聞いてからと思ったのである。

「滝川藩士が、大川端で殺されたのを知っているか」

「へい、話は聞いておりやす」

その後、弐平は大川端で殺された武士が、滝川藩士の黒沢竹之助であることを聞き込みのなかで耳にしていた。

「その事件を、町方が探っているのか」

「相手がお大名の家臣じゃァ、町方の出番はありませんや」

弐平は曖昧《あいまい》な物言いをした。

「下手人の隠れ家を探ってもらいたいのだがな」

　下手人の名は分かっていた。唐十郎が知りたいのは、出奔した三人の所在と倉西たちが話したことが事実かどうかだった。

「こいつは、でかい事件《やま》だ」

　弐平が目をひからせて言った。金の匂いを嗅《か》ぎつけた顔である。

「弐平、おまえ何か知っているようだな」

「旦那、眠り首の噂を聞いてやすかい」

　弐平が急に声を低くした。

「眠り首だと」

　唐十郎は知らなかった。

「へい、その大川端で殺されていた侍は首を刎《はね》られていいやした。首が眠っているような顔をしてやしてね。それで、眠り首と言われてますんで」

　そう言って、弐平は怖気《おじけ》をふるうように身震いした。

「そうか」

　唐十郎は瀬崎が話した鬼疾風のことを思い出した。黒沢は、小林か一文字の遣う鬼迅流の太刀で首を刎られたのであろう。

「眠り首は、その侍だけじゃァありませんぜ」

弐平がさらに言った。

「他にも殺された者がいるのか」

「へい、行徳河岸に店のある岩田屋の番頭と手代が、殺《や》られやしてね。やっぱり、首を刎られ、眠っているような面《つら》をしてたんで」

「なに、岩田屋の番頭と手代だと」

思わず、唐十郎は聞き返した。出奔した小林や一文字と、岩田屋の奉公人がかかわりがあるとは思えなかったのである。

「大川端で殺られた侍と、同じ手にかかったようですぜ」

「弐平、岩田屋と滝川藩だが、何かかかわりがあるのか」

唐十郎が訊いた。

「ありやすよ。番頭と手代が殺られたのは、滝川藩の家臣と柳橋の沖之屋で飲んだ帰りだったんでさァ」

弐平は、商談の帰りだったことや岩田屋が滝川藩の蔵元をしていることなどを話した。

「うむ……」

となると、岩田屋の番頭と手代は偶然斬られたのではなく、黒沢を斬った者に狙われたことになりそうだ。

——小林たち三人は、追手から逃れるために江戸へ出たのではないかもしれぬ。逃走目的の出府なら、藩と蔵元の関係にある商家の番頭や手代を斬ったりはしないだろう、三人は別の目的があって出府したようだ、と唐十郎は思った。

唐十郎が視線を虚空《こくう》にとめて黙考していると、

「こりゃァ命がけの仕事だ」

弐平が渋い顔をして言った。

「だが、お上の御用で、番頭と手代殺しを探索するのといっしょではないか」

番頭と手代殺しの下手人は、黒沢を斬った者と同一人なのだ。弐平にすれば、特別な探索をするわけではないだろう。

「ですが、旦那、あっしら町方はお大名の家臣を探ったりはしませんぜ」

弐平は渋っている。唐十郎から、できるだけ金をふんだくろうとしているのである。

そんなやり取りをしているところへ、お松がそばを運んできた。ふたりは、急に話題を変え、上野《うえの》の山の桜の開花のことを口にし、お松がその場を離れるのを待った。

お松には聞かせたくない話だったのである。

お松が板場にもどると、

「それに、あっしは眠り首なんぞになりたかァねえ」

と、弐平が首をすくめて言った。

「分かった、分かった。それで、いくらで手を打つのだ」

「これで、どうです」

弐平は、唐十郎の顔の前に片手をひらいた。

「五分か」

「旦那、吝《しわ》いと嫌われやすぜ。だれが、五分で命を賭《か》けやすかい」

弐平は眉宇《びう》を寄せて、握り潰した饅頭《まんじゅう》のような顔をした。

「分かった。五両だな」

唐十郎は初めから五両と分かっていたが、いつものように弐平をからかったのである。

唐十郎が財布から五両出して手渡すと、途端に弐平は顔をくずし、

「お松に、酒とてんぷらを運ばせやすぜ」

と言い残して、板場にもどった。

唐十郎はお松の運んできた酒を飲み終えると、腰を上げた。今日のところは、このまま道場へ帰るつもりだった。

戸口まで見送りに来た弐平に、

「寅次は、どうした」

と、唐十郎が訊いた。

三月ほど前、寅次という若者が弐平の下っ引きになり、ふだんは亀屋の手伝いをしてると聞いていたのだ。

「寅のやつ、張り切ってやしてね。店にも寄り付かねえで、歩きまわってまさァ」

弐平が小声で言った。どうやら、事件の探索に走りまわっているらしい。弐平とはだいぶちがうようだ。

「いい手先ができて、よかったではないか」

「まだ、尻《けつ》が青《あえ》えから……」

弐平の顔に心配そうな色が浮いたが、すぐに消えた。弐平は何かあると頭ごなしに寅次を叱っているが、胸の内では心配なのである。

9

「親分、待ってくれ」

弐平が亀屋から通りへ出ると、寅次が慌《あわ》てた様子で追ってきた。

「おめえ、店を手伝ってろ、と言ったろうが」

弐平は立ちどまって、苦虫を嚙《か》み潰《つぶ》したような顔をした。寅次に店の手伝いをさせて、弐平は愛宕下まで行ってみるつもりだった。滝川藩の上屋敷を見ておこうと思ったのである。それというのも、今度の事件は、滝川藩の家臣が深くかかわっていると踏んだからだ。

「女将《おかみ》さんが、親分のお供《とも》をしろ、と言ったんですぜ」

寅次は不服そうに頰をふくらませて言った。丸顔がフグのようになった。

「まったく、うちの嬶《かかあ》はあめえんだからよ」

弐平がそう言うと、寅次が、

「女将さんは、親分のことを思って言ったんですぜ。御用聞きに手先がついてねえんじゃァ、貫禄がつかねえって、いつも言ってやすからね」

と、調子よく言った。寅次は、弐平の小言を気にしてないようである。

「しょうがねえ、ついてきな」

「へい」

寅次が眠っている猫のように目を細めた。

ふたりは神田川にかかる和泉《いずみ》橋を渡り、神田の町筋をたどって日本橋へ出た。まだ、愛宕下までかなりの距離がある。

賑《にぎ》やかな日本橋通りを歩きながら寅次が、岩田屋の番頭と手代が殺された件で話しかけてきた。寅次はおしゃべりな男で、黙って歩くのが苦手らしい。

「寅次、人前で事件のことをしゃべるんじゃァねえ。どこで、聞かれてるか分からねえんだぞ」

弐平が苦々しい顔で言った。

「ですが、親分、だれも聞いちゃァいませんぜ」

寅次は周囲に目をやりながら言った。

日本橋通りには様々な身分の老若男女が行き交っていたが、弐平と寅次に目をむける者はいなかった。

「いいから、黙って歩きな」

弐平が憮然《ぶぜん》とした顔で言うと、

「へえ……」

寅次は肩をすぼめて口をつぐんだ。

ふたりは日本橋を渡り、東海道を西へむかった。京橋《きょうばし》を過ぎると人通りがすくなくなり、街道らしく旅人や駄馬を引く馬子《まご》の姿などが目につくようになった。

「親分、人通りもすくなくなりやしたんで、話してもいいですかい」

寅次が首をすくめながら言った。

「なんだ」

「へい、沖之屋で下働きをしてる茂造《しげぞう》ってえ、とっつァんから聞き込んだんですがね。ちょいと、気になることがありやして」

寅次が弐平に身を寄せて言った。

「何が気になる」

「番頭たちの座敷についた女中が話してたことらしいんですが、客は黙り込んだままで酒も進まず、嫌な雰囲気だったそうなんで」

「どういうことだ」

弐平も気になって訊いた。

「商いの相談って言ってやしたが、話がまとまらなかったんじゃァねえんですかね」

「うむ……」

そうかもしれない、と弐平は思った。

「あっしが思うに、話がまとまらずに座敷で言い争いになり、滝川藩の者が、面倒だ、斬っちまえってえことになったかもしれませんぜ」

寅次が得意そうな顔をして言った。

「馬鹿野郎、勝手に下手人を決め付けるんじゃァねえ」

弐平は親分らしく錆声《さびごえ》で言った。

ただ、弐平も宴席の商談がうまくいかなかったらしいことは分かった。商談の相手が番頭と手代を斬ったとは思えなかったが、沖之屋での商談が事件と何かかかわりがあるかもしれない。

「それで、沖之屋で番頭たちと飲んだ相手の名は分かるのか」

滝川藩士であることは分かっていたが、まだ名を知らなかったのだ。

「そこまでは、分からねえ」

「今度、茂造ってえ男に会ったらな、番頭たちといっしょにいた相手の名を聞いてこい」

「茂造のとっつァんも、名までは知らねえと思いやすぜ」

「いいか、寅、まず茂造に会って、座敷女中の名を聞き出すんだ。それから、女中に訊けば相手の名も、どんな話をしたかも分かるんじゃァねえのか」

「さすが、親分、伊達《だて》に十手は持ってねえや」

寅次が感心したように言った。

「馬鹿野郎、そんなこたァ餓鬼《がき》でも分からァ」

弐平は苦い顔をして足を速めた。

愛宕下の大名小路に入って、通りすがりの中間《ちゅうげん》らしい男に滝川藩の屋敷を訊くと、すぐに分かった。滝川藩の上屋敷は増上寺《ぞうじょう》の北側、愛宕下広小路と呼ばれる通りに面していた。大名の上屋敷らしい豪壮な櫓門《やぐらもん》を構え、通り沿いは家臣の住む長屋がつづいていた。

ふたりは、屋敷の周囲をめぐってみた。南北は長屋で、東西は他家の屋敷の境になっていることもあって築地塀《ついじべい》で囲われている。その内側は土蔵や厩《うまや》などになっているらしかった。

「親分、腹が減っちまって……」

寅次が顎《あご》を出して言った。歩きづめで、疲れてもいるらしい。

「そうだな。めしでも食うか」

すでに、八ツ（午後二時）を過ぎていた。出がけにお松が握ってくれた握りめしを食ってきたが、腹が減っていた。

「へい、お供《とも》いたしやす」

途端に、寅次は元気になった。

付近にめしを食うような店はなかったので、ふたりは東海道へもどり、街道沿いの一膳めし屋で腹ごしらえをした。

その後、ふたりはふたたび滝川藩の上屋敷近くにもどり、通りかかった中間や他家の藩士らしい武士にそれとなく滝川藩の内情について訊いてみた。たいしたことは分からなかったが、領地が越後の米所であり、藩米を江戸に廻漕して収益を上げていることや岩田屋が蔵元として滝川藩の財政に深くかかわっているらしいことなどが知れた。また、藩主が病気がちで、世継ぎをめぐって藩内に確執があるらしいことを口にする者もいた。

「寅、帰るかい」

陽は西の空にまわっていた。弐平は、暗くならないうちに松永町へもどりたかったのだ。

「へえ……」

寅次は、げんなりしていた。歩き疲れたらしい。

「岡っ引きはな、歩くのが仕事だぜ。それが嫌なら、いまのうちに十手を返《けえ》して、家へ帰んな」

歩きながら弐平が言った。

「あっしは、家には帰らねえ。一人前の岡っ引きになりてえんだ」

寅次は、弐平に跟《つ》いてきながら言った。

「一人前の岡っ引きにな……」

弐平は、それなら、おれのような岡っ引きにならねえことだ、と言おうとして、口をつぐんだ。金ずくで仕事をして何が悪いんだ、と思い直したのである。

第二章　八丁堀同心

1

……お師匠！　お師匠！

縁先で助造の声がした。慌てているような声である。

居間で横になっていた唐十郎は身を起こし、傍《かたわ》らに置いてあった愛刀の備前祐広《びぜんすけひろ》を手にした。

障子をあけると、縁先に助造と瀬崎が立っていた。何かあったらしく、瀬崎の顔がこわばっている。

「お師匠、斬られました」

瀬崎が唐十郎の顔を見るなり言った。

「だれが、斬られたのだ」

「小川治三郎どのです」

「討手のひとりだな」

「はい、大川端の新大橋の近くです」

瀬崎によると、町宿《ちょうしゅく》の佐竹茂四郎《さたけしげしろう》から話を聞き、大川端をまわって道場へ来たという。

町宿は藩邸に入りきれない江戸勤番の藩士が借家などに住むことで、佐竹という滝川藩の家臣は日本橋高砂《たかさご》町の町宿に住んでいた。

瀬崎は松永町の道場に通う都合もあり、藩邸では遠過ぎるので佐竹の町宿に同居させてもらっていたのだ。

「相手は分かるのか」

「小川どのは首を刎られていましたので、黒沢どのと同じ者の手にかかったと思われます」

瀬崎が昂《たかぶ》った声で言った。

「小林か一文字だな」

「はい」

「それで、死体はまだ大川端にあるのか」

そのとき、唐十郎の脳裏に鬼迅流のことがよぎった。

「ありますが、藩邸には佐竹どのが走りましたので、いずれ家中から引き取りに来ると思われます」

「行ってみよう」

唐十郎は、自分の目で斬首された小川の傷を見たいと思った。鬼迅流の鬼疾風の刀法が分かるかもしれない。

唐十郎は瀬崎と助造を連れ、大川端へむかった。弥次郎はまだ道場に来ていなかったので、家事の手伝いに来ていたおかねに、三人で出かけるが、すぐにもどる、とだけ言い置いた。

唐十郎たちは和泉橋を渡り、賑やかな両国広小路を抜けて大川端へ出た。五ッ半(午前九時)ごろであろうか。春の陽射しが大川の川面を照らし、金箔を流したようにかがやいている。その眩《まばゆ》いひかりのなかを、猪牙舟《ちょきぶね》や屋根船などがゆっくりと行き交っていた。大川の春らしいのどかな光景である。

大川端にもちらほら人影があった。春のやわらかな陽射しのなかをぼてふり、行商人、供連れの武士などが通り過ぎていく。

前方に新大橋が迫ってきた。一町ほど先の大川の岸辺に、人だかりがしている。

「あそこです」

瀬崎が指差した。

見ると、通りすがりの野次馬らしい男たちに混じって八丁堀同心の姿もあった。黄《き》八丈《はちじょう》の小袖を着流し、羽織の裾を帯に挟む巻羽織と呼ばれる八丁堀ふうの格好をしているので、遠目にもそれと知れる。

男たちのなかに、ずんぐりした体軀の弐平の姿があった。その脇に若い男が立っている。おそらく、寅次であろう。他に唐十郎の顔見知りはいなかったが、岡っ引きや下っ引きが大勢いるようである。

――弐平がいる。

唐十郎たちは、人垣の後ろに立った。そのとき、弐平が唐十郎に気付き、首をすくめるように頭を下げたが、それっきり顔もむけなかった。八丁堀同心や岡っ引き仲間に、ふたりのかかわりを知られたくなかったのであろう。

唐十郎は前に立っているぼてふりらしい男の肩越しに、町方が集まっている場所に目をやった。小川らしい武士は、八丁堀同心の足元に横たわっていた。伏臥していたが、顔は横をむいていた。うなじの皮一枚を残して、横に截断《せつだん》されたらしい。首のまわりの地面はどす黒い血の海である。

下手人は正面から横一文字に刀をふるって、小川の首を斬ったのであろう。頸骨《けいこつ》をも截断する深い傷だった、特異な刀法を遣う手練とみていい。おそらく、鬼疾風を遣ったのであろう。

唐十郎は川岸の方に移動した。小川の顔が見えなかったからである。

川岸近くに立つと、小川の顔が正面に見えた。

——これが、眠り首か。

なるほど、死人は眠っているような顔をしていた。首を刎られた死人の顔は、恐れや怯《おび》えの表情をどこかに残し、目や口をひらいていることが多いが、目の前の死人はちがっていた。両目をとじ、おだやかな顔をしている。

——下手人が殺した後、手をくわえたのではあるまいか。

なぜ、そうしたか分からなかったが、唐十郎はそんな気がした。

そのとき、川下の方から数人の武士と中間などの集団が足早にやってきた。陸尺《ろくしやく》が一挺の駕籠《かご》を担《かつ》いでいる。

「わが藩の者たちです」

瀬崎が唐十郎に身を寄せて、小声で言った。

見ると、一団のなかに林の姿があった。その顔に悲痛の色がある。討手としていっしょに国許を出た小川が殺されたことを知って、心を痛めているのであろう。

林は死体の検屍をしている八丁堀同心のそばへ行き、なにやら話していた。同心は渋い顔をして、それは、困る、と声高に言った。おそらく、林が死体を引き取りたいと言ったのであろう。

いっとき、ふたりで言い合っているようだったが、仕方がねえ、町方は武家に手出しできねえからな、そう言って、同心は死体から離れた。武士は幕臣も大名の家臣も町方の支配外だったので、林はその点を主張したのであろう。

林の指示で、中間たちが小川の死体を駕籠に乗せた。

「藩邸に運ぶのです」

瀬崎が唐十郎に身を寄せて、小声で言った。

林たちの一団と死体を乗せた駕籠が遠ざかると、八丁堀同心の周囲に集まっていた岡っ引きたちが、周囲に散った。同心は、念のために聞き込みを命じたらしい。弐平も唐十郎に目配せすると、寅次を連れてその場を離れた。

2

その日、陽が西の空にまわってから、狩谷道場に八人の男が顔をそろえた。唐十郎、弥次郎、助造、瀬崎、林、それに他の討手の清川、大河内、関口である。林たち滝川藩の五人が、道場に集まったのだ。五人の顔には、悲痛と苦渋の色が濃かった。

「黒沢につづいて、小川が討たれた。このままでは討手どころか、われらが討たれてしまう」

林が無念そうに言った。

「昨夜、小川どのはひとりだったのか」

唐十郎が訊いた。大川端にあった死体は小川だけである。

「いかにも。小川は柳橋に出かけ、その帰りに斬られたらしいのだ」

林の話によると、小川は柳橋の料理屋に小林たちが姿を見せたらしいという江戸勤番の藩士から情報を得、店の者に話を聞いてくると言って出かけたという。

「その料理屋は？」

「吉富屋《よしとみや》とか」

唐十郎は行ったことはなかったが、沖之屋の近くの料理屋であることは知っていた。

「なぜ、ひとりで」

日中ならともかく、夜分ひとりで出歩くのは危険ではないか。

「暗くならないうちに帰るので、ひとりで行く、と言って出たのだが……」

林が語尾を濁した。小川をひとりで行かせたことが悔《く》やまれるのであろう。

「うむ」

何かあって、小川の帰りが遅くなったのかもしれない。それにしても、小林たちはなぜ小川がひとりで柳橋へ出かけたことを知ったのであろう。藩邸近くに張り込んでいて尾行したのであろうか。

唐十郎がそのことを訊くと、

「藩邸内に、敵と内通している者がいるらしい」

林が、苦渋に顔をしかめて言った。

林によると、江戸の藩邸にも嘉勝を藩主にしようと画策する重臣がいて、小林たち三人に内通しているのではないかという。

「内通者の目星はついているのか」

重臣と言ったので、ある程度分かっているはずである。

「はっきりせぬが、年寄の榊原《さかきばら》喜久右衛門《きくえもん》さまではないかと……」

林は言葉を濁《にご》した。確証はないのだろう。

滝川藩の場合、年寄は家老に次ぐ重職で、江戸にひとり、国許にひとり置かれているとのことだ。榊原は嘉勝が幼少のころ小姓として仕えたことがあり、嘉勝とは特に親しかったという。

林によると、年寄の榊原が直接小林たちと会うことはなく、配下の者が接触して家中の様子を伝えているのではないかと言い添えた。

「いずれにしろ、迂闊《うかつ》には歩きまわれぬわけだな」

唐十郎が言った。

「いかさま」

「瀬崎はどうする。おれのところに、このまま通えば、命を狙われるのではないか」

当然、小林たちは瀬崎が討手のひとりであることをつかんでいるだろう。

「実は、そのこともあって、こうして伺ったわけなのだが、小林たち三人を討ち取るまで、瀬崎は藩邸にもどそうと思っているのだ」

林がそう言うと、瀬崎は無念そうな顔をして視線を落とした。膝の上で握りしめた拳が、かすかに震えている。瀬崎が何も言わないのは、道場に来る前に林に説得されたからであろう。

その様子を黙って見ていた助造が、

「それなら、おれといっしょに道場で寝起きすればいい」

と、身を乗り出して言った。

それを聞いて、瀬崎が顔を上げ、

「お師匠、お許しいただけますか」

と、唐十郎を見つめて訴えた。瀬崎としては、何としても稽古をつづけたいらしい。

林たちは困惑したような顔をして、お互いの顔を見合っている。そこまで、唐十郎に頼むのは気が引けるのだろう。

するとと弥次郎が、若先生、わたしからもお願いしますよ、と小声で言い添えた。

「道場に寝起きするのはかまわんが、おれは何もせぬぞ」

唐十郎は苦笑いを浮かべて言った。

「ありがとうございます」

瀬崎の顔に喜色が浮いた。助造と弥次郎の顔にも安堵の色がある。ふたりにとっても、居合の稽古を始めた瀬崎がこのまま道場を去るのは忍びなかったのであろう。

「ところで、林どのは廻船問屋の岩田屋をご存じかな」

唐十郎が声をあらためて訊いた。

「知っているが」

林の視線が揺れた。唐十郎の問いに、戸惑っているようだ。

「滝川藩と岩田屋のかかわりを聞きたいのだが」

「岩田屋は、わが藩の蔵元でござる」

林によると、岩田屋は古くから滝川藩の蔵元として藩専売の米を一手に引き受け、廻漕から江戸での販売まで行なっているという。

「その岩田屋の番頭と手代が殺されたことは」

「噂には、聞いている」

林の顔に憂慮の翳《かげ》が浮いたが、特に何も言わなかった。

「岩田屋の番頭と手代は、柳橋の料理屋で滝川藩の者と商談を持った帰りに何者かに斬殺されたらしいが、料理屋で番頭と会ったのはだれか分かるのか」

分かれば、その者から商談の様子も知れるだろう。

「それが、分からないのだ」

林は、渋い顔をしてつづけた。

「岩田屋との談合は、倉西さまか江戸家老の猿島《さしま》さまと岩田屋の主人の徳左衛門《とくざえもん》との間で行なわれることが多いのだ。なにしろ、藩の財政に直結する話なのでな。ところが、此度《こたび》の商談の件は倉西さまも猿島さまもご存じないようなのだ」

林は腑に落ちないような顔をした。

「番頭たちと会った家臣は」

唐十郎が訊いた。

「それが、はっきりしないのだ。それというのも、岩田屋には倉西さまの名で借上げ金のことで相談したいと話があったそうだが、倉西さまはまったくご存じないのだ」

「あるじの徳左衛門でなく、番頭が出かけたわけは」

唐十郎が訊いた。商談の帰りに殺されたのは、番頭と手代である。

「徳左衛門は、商談というより廻漕の打ち合わせと思ったらしい。それに、風邪《かぜ》ぎみだったこともあって、番頭を代わりにやったようだ」

「うむ……」

となると、下手人は徳左衛門を狙《ねら》った可能性もある。

「滝川藩は、岩田屋とうまくいっているのか」

唐十郎がさらに訊いた。

「岩田屋との関係は良好なはずだが……」

林が言葉を濁した。

「何か、懸念《けねん》があるのか」

「われらが憂慮するようなことではないのだが、ちかごろ藩内に蔵元を代えたらどうかという話があるのだ」

「蔵元を代えるとは」

「日本橋、小網町《こあみ》に大島屋《おおしまや》という廻船問屋があるそうだが、ご存じかな」

「名だけは知っているが」

「その大島屋に蔵元を任せたらどうかという話があるのだ。もっとも一部の家臣が主張しているだけなのだが」

林の話によると、勘定方の者が大島屋を推挙《すいきょ》しているそうである。それというのも、大島屋は藩米の買い上げ金を岩田屋より低利で融資するという。

滝川藩では年貢以外の米を百姓から買い上げ、江戸に運んで売りさばき利益を得ていた。そのさい米を買い上げる資金が必要で、これまでは岩田屋から借り入れていたという。当然、利息が付くが、大島屋は岩田屋より低利で買い上げ金を融資するというのだ。

「ならば、大島屋に代えたらどうだ」

藩にとっても、借入金の利息は低い方がいいはずだ。

「そうはいかぬのだ」

藩米の売買には借入金の利率の問題だけでなく、江戸への廻漕費、米の売値、販売網など様々の要素があり、いちがいに大島屋が有利とはいえないのだそうである。

唐十郎は、それ以上訊く気はなかった。藩の財政にかかわることまで知ろうとは思わなかったのである。

　ただ、岩田屋と大島屋の間に確執が生じているのではないかという気はした。

「ところで、岩田屋の番頭と手代は首を刎られていたそうだが、そのことはご存じか」

「その噂も聞いている」

　林の顔が曇《くも》った。

「黒沢どのと小川どのを斬ったのと、同じ手のようだ」

「われらも、小林か一文字とみている」

「どちらにしろ、岩田屋の主人か番頭を狙って斬ったのはまちがいないようだが、裏に小林たち三人を指図する者がいるのではないかな」

　小林たち三人には、岩田屋の主人や番頭を狙う理由がないはずである。

「嘉勝さまの息のかかった者だ」

「大島屋を推挙している勘定方の者は、嘉勝派なのか」

「そうだ」

　林は、岩田屋に滝川藩から手を引かせるために、主人の徳左衛門の命を狙い、代わりに商談に出た番頭と手代を斬ったのではないかと言い添えた。

「どうやら、江戸の藩邸にも嘉勝どのを推す一派がおり、おぬしたちと対立しているようだな」

「いかさま。嘉勝派の中核が年寄の榊原と勘定方なのだ。むろん、他にも嘉勝派の家臣はいる」

「そういうことか」

唐十郎は、江戸における滝川藩の内紛の構図が見えてきた。榊原と勘定方を中核とする嘉勝派と江戸家老や御留守居役などを中核とする竹之助を担ぐ者たちが、対立しているのである。むろん、林たち討手七人は竹之助派ということになる。

「つかぬことを訊くが、小林、一文字、馬崎の三人は国許から江戸へ逃げてきたのではなく、嘉勝派の者に呼ばれたのではないのか」

唐十郎が声をあらためて訊いた。

「そうかもしれぬ」

林の顔が苦渋にゆがんだ。

「刺客《しかく》か」

小林たち三人は、嘉勝派の刺客として江戸に呼ばれたようだ。岩田屋の番頭と手代を斬ったのも、嘉勝派の指示によるのであろう。当然、今後も対立する竹之助一派の要人や林たち討手を狙ってくるはずだ。

「となると、小林たちは嘉勝派の者に匿《かくま》われているのかもしれぬな」

唐十郎が低い声で言った。

3

唐十郎は道場を出ると、亀屋に足をむけた。弐平からその後の探索の様子を訊くとともに、唐十郎からも滝川藩の内情を話しておこうと思ったのである。

唐十郎は、懐手をして小体《こてい》な店や表長屋のつづく通りを飄然《ひょうぜん》と歩いていく。町筋はいつもより人出が多かった。うららかな春の陽気にさそわれたせいかもしれない。子供連れの母親や町娘などの姿が目についた。

道場のある通りから表通りへ出てしばらく歩いたとき、唐十郎は背後から歩いてくる町人体の男に気付いた。

黒の半纏《はんてん》に股引《ももひき》、職人か大工のような格好である。手ぬぐいで頰《ほお》っかむりしているため、顔ははっきり見えなかった。

――あやつ、おれを尾《つ》けているのか。

表通りに出てから、同じ間隔で尾けてくるのだ。その体軀や歩く姿に、見覚えはなかった。ただ、唐十郎を襲うつもりはないようだ。身辺に殺気はないし、武器を持っている様子もない。

——試してみるか。

唐十郎は、足を速めた。

半町ほど歩いて、それとなく振り返ってみると、背後の男も足を速めたらしく、同じ間隔でついてくる。

唐十郎は、男の正体をつきとめてやろうと思った。ふたたび足を速め、右手にあった細い路地に入ると、すぐに走りだした。そして、小体な八百屋の陰に身を隠した。そこで、男を待ち伏せようと思ったのである。

いっときすると、男が路地までやってきた。入口のところで足をとめ、唐十郎の姿を探すように路地の先に目をむけている。男は路地へ入ろうかやめようか迷っているふうだったが、急にきびすを返してもどっていった。唐十郎が、待ち伏せているのを察知したのかもしれない。

——素人《しろうと》ではないな。

尾行の経験のある者のようだが、唐十郎には思い当たる者がいなかった。

唐十郎は表通りへもどって、亀屋へむかった。途中、何度か振り返って見たが、尾行者の姿はなかった。

弐平は亀屋にいた。まだ、昼前で客の姿はなく、隅の飯台で茶漬けを食っていた。飯台の上の小皿に、厚く切ったたくあんがのっている。

「今日は、やけに早いようで」

弐平は箸《はし》を持ったまま立ち上がった。

「食べてしまえ。待っている」

唐十郎は脇の飯台に腰を下ろした。

「それじゃァ、遠慮なく」

そう言うと、弐平はせかせかと箸を動かして茶漬けを掻《か》き込んだ。すぐに、茶漬けを食い終え、たくあんをバリバリと噛みながら立ち上がり、いま、茶を淹《い》れやすから、と言って、丼《どんぶり》と箸を手にして板場へもどった。

板場にお松がいるらしかったが、弐平は自分で茶道具を持って来て、湯飲みに茶をついでくれた。

「お松は、料理の仕込みをやってやしてね。手が離せねえもんで」

弐平は照れたように笑いながら、唐十郎の前に腰を下ろした。

「寅次はどうした」

店内には寅次の姿もなかった。

「沖之屋に探りを入れてまさァ」

「そうか。実は、おれの方もだいぶ様子が知れてきてな。弐平の耳に入れておこうと思ったのだ」

そう前置きして、唐十郎は林たちから聞いた滝川藩の内情と殺された黒沢と小川のこと、さらに岩田屋とのかかわりなどを話した。

「するってえと、岩田屋の番頭の民蔵と手代の浜吉を殺ったのは、滝川藩の家臣ですかい」

弐平が目をひからせて言った。

「そうみていいだろう。眠り首が、その証《あかし》でもある」

刀身を横に払って首を斬るという特異な刀法を遣う者は、そう多くないはずだ。それに、死体の目がとじられていたのも、同じ下手人の手にかかったからであろう。

唐十郎は、鬼迅流を遣うという小林と一文字、それに馬崎の名を弐平に伝えた。

「旦那、そこまでつかんでるんじゃァ、あっしの出る幕はねえ」

弐平が首をすくめながら言った。

「いや、そうではない。ここまでは滝川藩の者に訊けばすぐに分かるが、肝心なのはこの先だ。まだ、小林、一文字、馬崎の所在がつかめぬ」

「下手人の塒《ねぐら》ですかい」

「そうだ。……それに、三人を指図している黒幕がいるはずだ。ひとりは、年寄の榊原らしいが、直接小林たちと接触している者が一連の殺しを指図していると見ているが、そいつがだれか分からん」

「滝川藩のご家中のことは、林さまたちに任せておいた方が早いような気がしやすぜ」

弐平が不満そうな顔をして言った。

「まァ、そうだが、とりあえず、沖之屋で番頭たちと会った滝川藩の家臣がだれであるか、つきとめてくれぬか」

唐十郎は、弐平なら沖之屋の女中にでも訊いて嗅《か》ぎ出せるのではないかと思ったのだ。

「相手なら、分かってますぜ」

弐平が言った。

「さすが、弐平だ。やることが早い」

「あっしじゃァねえんで、寅のやろうが、嗅ぎ出してきたんで」

「それで、名は」

「ふたりでしてね。片桐《かたぎり》と江口《えぐち》という男のようで」

「それだけ知れれば十分だ」

瀬崎に訊けば、すぐに分かるだろう。

「それに、沖之屋の座敷の様子も聞き込みやしたぜ」

「どんな様子だった」

「ひどく、険悪だったそうで」

寅次が宴席についた座敷女中から聞き出したことによると、言い争いこそしなかったが、番頭たちと滝川藩の家臣は不満そうな顔で黙り込んだままだったという。

「岩田屋にとって、都合の悪い話だったのかもしれんな」

岩田屋の番頭を沖之屋に呼び出したのは嘉勝派の者とみていい。商談ではなく、岩田屋に滝川藩から手を引くように迫ったのかもしれない。

「旦那、あっしの仕事は、これまでですかね」

弐平が上目遣いに唐十郎を見ながら言った。

「片桐と江口の名を聞き出しただけか」

「へえ、こちとらも、お上の仕事が忙しくなりやしてね」

弐平が首をすくめながら言った。

「まだ、五両の仕事はしてないと思うがな」

「まァ、そうですが」

弐平は渋い顔をした。

「小林、一文字、馬崎の塒をつきとめてくれ」

唐十郎は静かだが、強いひびきのある声で言った。

「あっしは、どうも、眠り首のことが気になってやしてね。下手に動くと、あっしのこの首が、眠り首になっちまうんじゃァねえかと……」

そう言って、弐平は怖気《おじけ》をふるうように胴震いした。

「案ずるな。小林たちが手にかけるのは、滝川藩とかかわりのある者だけだ。それに、滝川藩の者はだれひとり、おれと弐平がつながっていることは知らん」

「へえ……」

弐平は肩をすぼめたまま萎《しぼ》んだ風船のような顔をした。

「ところで、弐平、おれを尾けている者がいるようなのだがな。だれか、心当たりはあるか」

唐十郎は、ここにくる途中で尾けられたことと男の風体を話した。

「それだけじゃァ分からねえ」

弐平は首をかしげた。

「まァ、そのうち正体が知れよう」

そう言うと、唐十郎は腰を上げた。

「旦那、気を付けた方がいいですぜ。どうも、今度の相手は一筋縄じゃァいかねえようだ」

弐平は太い眉を寄せ、不安そうに顔をしかめた。

4

神田川の川面《かわも》が残照を映し、朱色の長い帯を何本も流したように揺れていた。穏《おだ》やかな夕暮れ時で、土手際に群生した春の若草が川風にそよいでいる。

すでに暮れ六ッ(午後六時)を過ぎていたが、神田川沿いの通りにはぽつぽつと人影があり、忍び寄る夕闇に急かされるように足早に通り過ぎていく。

寅次は裾高に尻《しり》っ端《ぱ》折《しょ》りし、脛《すね》をあらわにして歩いていた。半月ほど前までは、陽が沈むと露出した脛が寒かったが、いまはかえって心地好かった。それだけ、暖かくなったのだろう。

寅次は松永町の亀屋にもどるところだった。柳橋の吉富屋の近隣で聞き込んだ帰りである。弐平から、大川端で殺された小川という滝川藩士が吉富屋に出かけた帰りに殺されたことやその下手人が吉富屋に姿を見せたらしいと聞いて、探りにいったのである。

収穫はなかった。吉富屋の包丁人をつかまえて話を聞いたが、座敷の客のことまでは知らねえ、とすげない返事をもらっただけである。また、近所をまわって聞き込んでみたが、下手人につながるような話はまったく聞けなかった。

寅次は急いでいた。腹が減っていたので早く亀屋にもどり、何か腹に入れたかったのである。

そのとき、背後で走り寄る足音がした。振り返ると、見たことのある男が駆け寄ってくる。島造の手先の平次郎だった。

「寅次兄い、探索ですかい」

平次郎が愛想笑いを浮かべて言った。小柄で、顎《あご》のとがった男である。歳は二十四、五、寅次より年上だったが、下手《したて》に出た。この辺りが、弐平の縄張のせいかもしれない。寅次は悪い気はしなかった。まだ、下っ引きとしては駆け出しだが、仲間から立てられれば気分はいい。

「まァな」

寅次は胸を張って言った。

「柳橋界隈に、だいぶ探りを入れたようじゃァねえか」

平次郎が寅次に身を寄せて小声で訊いた。

「なに、岩田屋の番頭と手代殺しの下手人らしい男が、柳橋の料理屋に立ち寄ったらしいってえ噂を耳にしたもんでな」

「さすが、寅次兄いだ。下手人の目星がついたんですかい」

平次郎が驚いたような顔をして訊いた。

「そう睨《にら》んだだけよ。それで、平次郎兄い、おれに何か用かい」

さすがに、寅次も年上の平次郎を呼び捨てにはできなかった。

「あっしらも、下手人のことで耳に挟《はさ》んだことがありやしてね」

平次郎が急に声を落として言った。

「へえ、島造親分だけのことはあるな」

「それで、親分が言うには、別々に同じ筋を追ってちゃァ埒《らち》が明かねえ。あっしらが探ったことは、そっちの耳に入れてえ。その代わり、そっちでつかんだことを話してくれってことなんで。……まァ、こういうことは御用聞き同士でよくあることさ」

平次郎がもっともらしく言った。

「そうかい」

寅次は、迂闊《うかつ》に平次郎の話には乗れないと思った。こっちでつかんだ手柄を、そっくり横取りするつもりではないかと思ったのである。それに、弐平から探り出したことはだれにもしゃべるな、と強く釘を刺されていたのである。

「寅次兄い、おれたちは、手柄を横取りしようなんてえけちな了見で言ってるんじゃァねえぜ。そっちで、探り出した手柄になりそうなことまで、話してくれなんて言っちゃいねえ。……話しても差し支えないことだけでいいんだよ。こっちも、そのつもりさ」

平次郎が寅次の胸の内を見透《みす》かしたように言った。

「手柄を横取りされるなんて、思っちゃァいねえよ」

「さすが寅次兄いだ。若えのに、親分の貫禄があるぜ」

「それほどでもねえ」

「それにな。島造親分は、寅次兄いと近付きのしるしに一杯《いっぺえ》やりてえと言って、茅町《かや》の小料理屋で待ってなさるんだ」

「そいつは、すまねえ」

寅次は、島造の好意を断るわけにはいかないと思った。下っ引きの寅次が無下に断ったら、弐平と島造との間にもしこりができるだろう。それに、茅町は近かったし、腹も減っていたのだ。

「それじゃァ、世話になるかな」

「それでこそ、寅次兄いだ。話が早え」

平次郎が糸のように目を細めて言った。

寅次が連れていかれたのは、小松屋《こまつや》という小料理屋だった。奥の小座敷に島造が待っていて、寅次が顔を見せると、

「寅次かい、よく来てくれたな」

と、満面に笑みを浮かべて迎えた。

寅次は島造と話すのは初めてだったが、思っていたよりおだやかで人がよそさうなので安心した。

「弐平親分とは、むかしからの付き合いがあってな。前々から、おめえとも腹を割って話してえと思ってたのよ」

そう言うと、島造はさっそく銚子《ちょうし》を取り、一杯《いっぺえ》やってくれ、と言って寅次の猪口《ちょこ》になみなみと酒をついだ。

どういうわけか、島造はあまり事件のことは訊かなかった。しきりに酒を勧め、寅次の家族のことや亀屋のことなどを話題にした。

寅次は訊かれるままにしゃべった。格別隠すようなことは訊かれなかったこともあって、しだいに警戒心は薄れてきた。

だいぶ、酒が進み、くだけた話になってきたとき、

「ところで、大川端で殺された侍は、越後国の滝川藩の家臣らしいな」

と、島造が何気なく言った。

「そのようで。……死骸《ほとけ》を引き取りにきた連中が、言ってやしたよ」

その場に居合わせた町方は、みんな知っていることだった。

「それで、下手人も同じ藩の者だと睨んでるんだが、そっちはどうだい」

「同じ読みでさァ」

「それで、下手人の目星はついてるのかい。もっとも、目星がついても、お大名の家臣じゃァ町方には、手が出ねえがな。……まァ、飲みねえ」

島造は銚子を手にして、寅次の猪口《ちょこ》に酒をついだ。

「ヘッヘへ……。それらしいのをつかんでやすがね」

つい、寅次は口をすべらせた。

「さすが、弐平親分だ。……おっと、それ以上は訊かねえよ。せっかくの手柄を横取りしたと思われたくねえんでな」

「し、島造親分、横取りも何も……。相手が、大名じゃァあっしらは手が出せませんや。……そうでやしょう」

酔ったのか、寅次の呂律《ろれつ》が怪しくなってきた。

「まったくだ。ところで、亀屋に剣術道場の先生がときおり顔を出すと聞いたんだが、ほんとかい」

島造が世間話でもする調子で訊いた。

「狩谷さまのことですかい」

寅次は事件とはかかわりのない話だと思った。

「弐平親分とは、昵懇《じっこん》なのかい」

「くわしいことは知らねえが、親分は、むかし狩谷さまに助けてもらったことがあると言ってやしたよ」

寅次は、まだ唐十郎と弐平のかかわりは知らなかった。もっとも、弐平も金ずくで唐十郎のために探索しているなどとは言えず、寅次にも話してなかったのだ。

「聞いた話じゃァ、その先生、頼まれて切腹の介錯をしたり、刀の切れ味を試すために死骸《おろく》を斬ったりして、暮らしをたてたてるそうじゃァねえか」

「あっしも、そんな話を聞いていやす」

寅次は、弥次郎や助造のことも話した。ただ、寅次が口にしたのは弐平から聞いていたことだけで、近所で訊けばすぐに分かるようなことだけだった。

寅次は島造たちと一刻（二時間）ほど飲み、すっかりいい気持ちになって店を出た。平次郎が途中まで送るといったが、寅次は断った。歩けないほど、酔ってはいないと思ったのである。

5

寅次が松永町の亀屋についたとき、足元がふらついていた。歩いて、酔いがまわったのかもしれない。

「馬鹿野郎！　どこで飲んでやがった。もうすぐ、町木戸のしまる四ッ（午後十時）だぞ」

弐平が怒鳴りつけた。

「島造親分に、ごっそうになっちまって、つい……」

寅次は腰を引き、首をすくめながら言った。

「なに、島造に、ごっそうになっただと」

怒りに赭黒《あかぐろ》く染まっていた弐平の顔が、急にひき攣《つ》った。

「へ、へい」

「ど、どういうことだ」

弐平が声をつまらせて訊いた。

「あっしと、近付きのしるしに一杯やりてえと」

「近付きのしるしだと。……島造が、おめえに近付きてえのは、何か魂胆《こんたん》があってのことだ。やい、寅、おめえ、何をしゃべった」

弐平の顔が、また怒りで赭黒く染まった。

「てえしたことは話さねえ。おれの家族のことやこの店の商いの様子、それに、狩谷さまのこと……」

寅次が思い出しながら、つぶやいた。

「野晒の旦那のことだと。……島造に、何を訊かれたんだ」

弐平は寅次を睨むように見すえている。

「狩谷さまが何で暮らしをたててるのかとか、本間さまや助造さんのこと……。てえしたことじゃァねえ。近所の者なら、みんな知ってるようなことですぜ」

「うむ、むむ……」

弐平が苦虫を嚙み潰したような顔をして唸った。

ただの世間話のようでもあるが、島造のような男がわざわざ酒まで飲ませて、世間話などするはずがない。島造は弐平と唐十郎のかかわりを探って、御用聞きとしての非違《ひい》を八丁堀同心に訴えるつもりではあるまいか。

——そういえば、野晒の旦那がだれかに尾けられたと言ってたな。

弐平は唐十郎の話を思い出し、尾けたのは島造の手先かもしれねえ、と思い当たった。

「親分、狩谷さまと親分のかかわりも訊かれやしたぜ」

寅次が首をすくめながら言った。

一瞬、弐平は頭から冷水を浴びせられたような気がした。やはり、島造は弐平と唐十郎の関係を探ろうとしたようだ。

「おめえ、何て答えたんだ」

弐平の顔が蒼《あお》ざめた。

「親分はむかし狩谷さまに助けられたことがあり、それが縁で、ときどきそばを食いに来るだけだと言っておきやしたが……」

「そ、そうか」

うまく答えた、と弐平は思った。それに、島造は弐平と唐十郎のかかわりを知らないようだ。道場主が岡っ引きのやっているそば屋に顔を出すので、不審に思っただけかもしれない。

「寅、これからは、野晒の旦那のこともしゃべるんじゃァねえぞ」

「へい」

弐平は、いくぶん平静にもどった。

「それで、岩田屋の番頭と手代殺しのことで、何か訊かれなかったのか」

当然、そのことが話題になったはずである。

「訊かれやした」

「何を訊かれた」

「下手人の目星はついたのかって」

「おめえ、それをしゃべったのか」

弐平の顔が、また赭黒く染まった。

「しゃべらねえ。……島造親分は、せっかくの手柄を横取りしたと思われたくねえから、それ以上訊かねえと、あっしの話を聞こうともしませんでしたぜ」

寅次が顎をつき出すようにしてしゃべった。

「利《き》いた風なことをぬかしゃァがって……。島造は、こっちが目星がついてるのかどうか探りを入れたんだよ。……まァ、いい。しゃべっちまったことは仕方がねえ。それで、島造との話はそれだけか」

「へい、後はつまらねえ世間話で」

寅次は首の後ろに手をやり、照れたように笑った。

「寅、おめえに言っておくがな」

弐平は寅次を見すえ、声をあらためて言った。

「ただ酒と女には、気をつけろよ。いい気になって近付くと、足元をすくわれるぞ」

「へ、へい」

寅次は殊勝《しゅしょう》な顔をしてうなずいた。まだ、子供らしさの残っている顔である。

「分かったら、もう寝ろ」

弐平の声が急にやさしくなった。寅次はお調子者でおしゃべりだが、憎めない男なのである。それに、弐平に子供がいないせいもあってか、妙にかわいいところがあるのだ。

それから三日後、弐平は島造が寅次を酔わせて探りを入れたわけが分かった。岩田屋の番頭と手代殺しの件から、弐平をはずす魂胆だったのである。

その日、弐平は同心の岡倉峰次郎に呼び出された。

「弐平、頼みたいことがあってな」

岡倉は、そう切り出した。

「なんです」

「神田多《た》町に白木屋《しろきや》という下駄屋がある。そこに、盗人が入《へえ》ったようなのだ」

「へえ」

弐平は、初めて聞く話だった。

「おめえも知ってのとおり、おれの手先は岩田屋の件でいそがしい。それで、おめえに白木屋の件を探ってもらいてえのよ」

「ですが、旦那……」

弐平は不満そうな顔をした。

弐平が手札をもらっていたのは、岡倉と同じ南町奉行所の千島仙九郎《ちしませんくろう》という定廻り同心だったので、これまで岡倉から事件の探索を頼まれることなどなかったのである。

「分かってるよ。千島に事情を話したら、おめえを使ってくれと言われたのさ」

岡倉は当然のことのように言った。

「へえ、それじゃァ、やらせていただきやす」

弐平は承知するより他なかった。岩田屋の件も南町奉行所では岡倉が中心になって調べているので、弐平が探索からはずされても文句は言えないのである。

弐平は白木屋に行き、主人から話を聞いて腹が立った。同時に、島造の魂胆でこうなったのだと分かった。

白木屋で盗まれたのは、店先に並べてあった子供用の下駄一足だった。性根の悪い餓鬼が店先の下駄をかっさらって逃げたか、母親が子供の下駄を見ていて、出来心で持ち去ったか。いずれにしろ縄張のちがう岡っ引きが、足を運んでまで調べるような事件ではないのだ。

「島造親分が、一度話を聞きに来てくれましたが、盗まれたのが下駄一足ですので、そのままになっております」

主人がそう言い添えたのを聞いて、弐平はすぐに島造の差し金だと気付いた。島造は弐平を岩田屋の件からはずすために岡倉に話し、白木屋の件を調べさせようとしたのである。

ただ、島造がなぜ弐平を岩田屋の件からはずそうとしたのか、弐平には分からなかった。手柄を横取りしたいからとは思えなかったのだ。

——何かあるな。

と、弐平は思った。今度の事件には、まだ見えていない深い闇《やみ》がありそうである。

6

唐十郎が居間にいると、稽古着姿の助造が縁先から顔を覗《のぞ》かせ、

「お師匠、道場に客が見えてます」

と、伝えた。

「だれだ」

「林さまと岩田屋のあるじです」

「行こう」

唐十郎はすぐに立ち上がった。

道場には、林、弥次郎、瀬崎、それに恰幅《かっぷく》のいい五十がらみの男が端座していた。その男が岩田屋の主人、徳左衛門であろう。黒羽織に縞柄《しまがら》の袷《あわせ》、海老《えび》茶の角帯という商家の旦那ふうの格好だった。

唐十郎が対座すると、すぐに林が、岩田屋のあるじ、徳左衛門どのだ、と傍らの五十がらみの男に目をやりながら紹介した。

「徳左衛門でございます。狩谷さまには、お手数をかけまして申し訳ございませぬ」

徳左衛門が慇懃《いんぎん》に挨拶《あいさつ》した。

「それで、用件は」

すぐに、唐十郎が訊いた。まさか、挨拶に来たわけではあるまい。

「徳左衛門どのは、狩谷どのに頼みがあるそうなのだ」

脇から林が言った。

「頼みとは」

「狩谷さまのお力を貸していただきたいのです。てまえどもは、恐ろしくて外も歩けない始末でして……」

そう言って、徳左衛門は苦悩の色を浮かべた。

「どういうことだ」

「狩谷さまも、番頭の民蔵と手代の浜吉が殺されたことはご存じかと思います。実は、てまえも危うく殺されそうになったのでございます」

徳左衛門によると、半月ほど前、滝川藩とは別の商談で柳橋の料理屋に出かけた帰り、新大橋近くの大川端で武士に襲われそうになったという。ところが、ちょうど路地から数人の家臣を連れた旗本があらわれたため事なきを得たそうである。

「つづいてこのような目に遭いましたもので、恐ろしくて店仕舞いしてから外へ出ることもできません」

徳左衛門は震えを帯びた声で話した。

「それで」

唐十郎は先をうながした。

「できましたら、外出するおりだけでも、狩谷さまに守っていただきたいのです」

「うむ……」

用心棒ということらしいが、いつ狙われるか分からないので、長期間岩田屋に詰めていることになろう。

唐十郎が黙考していると、徳左衛門が、

「店に押し入るようなことはないと思われますので、外出せねばならぬときだけ、店の者を使いに寄越しますが」

と、小声で言い添えた。

すると、脇にいた林が、

「わが藩の者と徳左衛門どので会うおりは、藩からも警護の者を出すつもりなのだ」

と、言い添えた。

「いかがでございましょうか。お礼は差し上げるつもりでおりますが」

徳左衛門が小声で言った。

「いいだろう。ただし、ときにはここにいるふたりに行ってもらうことになるかもしれぬぞ」

唐十郎は、傍らにいる弥次郎と助造に目をやった。唐十郎は道場にいないことがおかった。連絡に来ても留守のときがあるだろう。そのときは、弥次郎に行ってもらうつもりだった。それに、助造も役に立つはずである。

「結構でございます」

徳左衛門は、ほっとしたような顔をした。

「ところで、相手だが、目星はついているのか」

唐十郎が訊いた。

「はっきりしたことは申せませんが、同じ廻船問屋の大島屋さんとかかわりある者たちではないかと……」

そう言って、徳左衛門は戸惑うような顔をした。

「そうか」

唐十郎は、林から大島屋が嘉勝派の家臣とつながって蔵元の座を狙っていると聞いていたが、そのことは徳左衛門も知っているらしかった。

それからいっとき、徳左衛門は大島屋のことを話した。

大島屋は、昨今急速に商いをひろげてきた廻船問屋だが、いまのところ商売相手は商家だけだという。そこで、大島屋は滝川藩の蔵元になって信用を得ると同時に、幕府や諸大名の船荷も扱っている岩田屋を追い落とそうと画策しているらしいというのだ。

「大島屋のあるじは勘兵衛《かんべえ》と申しまして、元はちいさな船問屋だったのでございます。それが、なりふり構わず商いをひろげ、ちかごろは幕府の御用達《ごようたし》も狙《ねら》っているようなのです」

徳左衛門の顔に憎悪の表情が浮いたが、すぐに平静にもどった。大島屋を露骨に非難しては、大人気ないと思ったのかもしれない。

　すると、脇にいた林が、

「岩田屋の奉公人から聞いたのだがな。勘兵衛はあくどい男で、金儲《もう》けのためなら人殺しもやりかねんそうだ」

　と、声を低くして言った。

「その大島屋が、嘉勝派の家臣と結びついてるわけだな」

「そうなのだ」

　林が渋い顔で言った。

　徳左衛門と林は、それだけ話すと帰ったが、翌日、岩田屋のもうひとりの番頭、蓑《みの》造《ぞう》と手代の敏次郎《としじろう》が道場に来て、百両置いていった。用心棒代らしい。

　唐十郎は百両のうち、二十両を助造に渡し、残りの八十両を弥次郎と分けた。このところ、唐十郎が手にした金は同じように分けていたのだ。

　徳左衛門が道場に来てから五日後、ふたたび敏次郎が道場に姿を見せた。

「狩谷さま、今日、あるじが京橋へまいります。ご同行いただけませぬか」

　敏次郎が言った。

「京橋のどこだ」

「船田屋《ふなだや》という料理屋でございます。なんですか、滝川藩の御留守居役さまと、おりいって相談があるとか」

御留守居役は倉西である。

「分かった。行こう」

「てまえと、ご一緒していただけますか」

「いいだろう」

道場内に弥次郎と助造がいたので、それとなく話すと、ふたりとも同行すると言ったが、三人もで出かけるのはすこし大袈裟《おおげさ》過ぎると思ったので、助造だけ連れていくことにした。

それに、唐十郎は徳左衛門を襲うとすれば、小林たち三人のうちのだれかで、大勢で徒党を組んで襲撃するとは思わなかったのである。

岩田屋に着いたのは、七ッ（午後四時）ごろだった。すでに、駕籠が呼んであった。徳左衛門は敏次郎を同行して、すぐに出かけるという。

7

唐十郎と助造は、徳左衛門の乗る駕籠の後ろについた。敏次郎は駕籠の脇につき、顔をこわばらせて歩いていく。民蔵と浜吉のことがあるので、怖がっているようだ。

——襲われるとすれば、帰りだな。

唐十郎は行きに襲われることはないとみていた。まだ日中だし、日本橋川沿いの通りも、日本橋通りも大勢の通行人が行き来しているはずである。いかに何でも、人通りの多い通りで白刃をふりまわし、駕籠の主を襲うようなことはないだろう。

船田屋は水谷《みずたに》町にあった。京橋から大川方面へしばらく歩いた八丁堀川沿いである。老舗《しにせ》らしい二階建ての店舗で、戸口には飛び石や籬《まがき》などもあり、落ち着いた佇《たたず》まいを見せていた。

倉西は、林と瀬崎、それに討手のひとりである関口小十郎を同行してきた。関口は痩身だが、肩幅がひろく胸が厚かった。武芸で鍛《きた》えた体であることは、すぐに見てとれた。

関口は唐十郎たちと顔を合わせると、ちいさく頭を下げた。すでに、関口とは会っていたのである。

唐十郎や林たちは別の座敷に案内され、酒肴《しゅこう》の膳が並べられた。徳左衛門と倉西の配慮であろう。

倉西と徳左衛門の密談は一刻（二時間）ほどで終わった。ふたりの機嫌はよかった。話が思いどおりに進んだのであろう。

船田屋の女将《おかみ》や女中に送られて戸口へ出ると、辺りは夜陰につつまれていた。五ツ（午後八時）ちかいのだろうか。頭上は満天の星空である。

倉西は重臣用の御留守居駕籠で来ていたので、駕籠の脇に林たち三人がついた。愛宕下の上屋敷まで、三人が警護につくという。

一方、徳左衛門は来たときの駕籠が待たせてあったので、その駕籠に乗り込んだ。助造が駕籠の前につき、唐十郎が後ろについた。船田屋を出た駕籠は、八丁堀川沿いを京橋にむかった。八丁堀を抜けて、日本橋に出る道筋もあったが、すこし遠まわりになっても、人影のある大通りを行きたいという徳左衛門の言葉にしたがったのである。

——襲うとしたら、小網町へ入ってからだな。

と、唐十郎は読んだ。

京橋から日本橋までの日本橋通りは、江戸でも屈指の賑《にぎ》やかな通りである。夜になると、通り沿いの店はしめてしまうが、それでもぽつぽつと人影はある。夜鷹そばや酔客、それに徳左衛門のように宴席の帰りの者が通ったりするのだ。

日本橋を渡り、日本橋川沿いを行徳河岸の方へしばらく歩くと小網町に入り、その辺りまで行くと人影も途絶え、めっきり寂しくなる。京橋方面から岩田屋へ帰るには、その道を通ることが多く、待ち伏せするには絶好の場所である。

徳左衛門を乗せた駕籠は日本橋を渡り、日本橋川沿いの通りへ出た。弦月《げんげつ》が出ていて、川面を淡い青磁《せいじ》色に染めていた。風のない静かな夜である。

駕籠の先棒につけた小田原《おだわら》提灯が、駕籠かきの上げる掛け声とともに夜陰のなかで揺れている。

江戸橋のたもとを過ぎ、駕籠は小網町へ入った。小網町は川沿いに一丁目、二丁目とつづいている。通りの右手は表店が軒をつらねているが、ひっそりと寝静まって洩れてくる灯《ひ》もない。左手の足元から、日本橋川の流れの岸を打つ音が妙に大きく聞こえてきた。

駕籠が二丁目へ入ったときだった。先棒の前にいた助造が、

「だれかいる！」

と、声を上げた。

唐十郎はすばやく前に走り、助造の指差す方向に目をやった。淡い月光のなかに、ぼんやりと人影が見えた。川岸に立っているらしい。

――ひとりか。

人影はひとつだった。しかも、武士体ではない。刀を帯びているように見えなかったのだ。

唐十郎は駕籠をとめさせなかった。川岸に立っている男が、襲うとは思えなかったのである。

さらに近付くと、男の輪郭がしだいにはっきりしてきた。町人体である。着物の裾を尻っ端折りし、黒の股引を穿《は》いていた。手ぬぐいで頰っかむりしている。

夜陰にまぎれて人相ははっきりしなかった。男は頰っかむりの間から、底びかりのする双眸で睨むように唐十郎を見すえている。

「お師匠、左手にも！」

助造が言った。

左手の町家の軒先に、人影があった。川岸の男と相対する位置に立っている。そこは闇が深く、かすかに人影らしいことが分かるだけで、男か女かさえはっきりしなかった。

と、軒先からゆっくりと人影が通りにあらわれた。武士体である。

——やつだ！

唐十郎は察知した。

中背ですこし猫背だった。馬崎は巨漢と聞いていたので、小林か一文字であろうと思った。納戸色の小袖と同色の袴、黒鞘の大小を帯びていた。

中背の武士はゆっくりとした足取りで、通りのなかほどに出てきた。闇に溶ける黒っぽい小袖に袴姿だった。両腕を垂らし、唐十郎に目をむけている。

もうひとり、町人体の男も川岸から出て来て武士の後ろに立った。頬っかむりして顔を伏せ加減にしているので、まったく顔は見えない。

「何か用か」

唐十郎が声をかけた。

ふたりの駕籠かきは蒼《あお》ざめた顔で、駕籠を置いた。逃げ出す気はないようだった。相手が武士ひとりと見て、襲われるようなことはないと思ったのかも知れない。助造と敏次郎は駕籠の脇に立った。

「うぬが、狩谷か」

武士がくぐもった声で訊いた。月光に面長《おもなが》の顔が白く浮き上がったように見えた。表情のないのっぺりした顔をしている。ただ、細い双眸《そうぼう》は底びかりし、暗闇にひそんで獲物を狙っている獣のような不気味さがあった。

「いかにも。うぬは小林か、それとも一文字か」

「小林八十郎」

言いざま、小林が抜刀した。名を隠すつもりはないらしい。

唐十郎は愛刀祐広の鯉口を切り、右手を柄に添えた。

「お師匠！　助太刀いたします」

助造が声を上げて、唐十郎の脇に走り出た。

「相手はひとりだ。助太刀はいらぬ」

唐十郎は助造を制した。相手がひとりで挑んできたのである。唐十郎も、鬼迅流の鬼疾風と尋常な勝負をしてみるつもりになったのだ。

「行くぞ」

小林は八相に構えた。妙な構えである。すこし前屈《かが》みになり、刀身を後ろに引いて水平に寝せていた。

この構えだと、脇構えと同じように唐十郎からは刀身が見えなくなる。長所はあるが短所もある。刀身を敵から隠すことで、敵に間合や斬撃の気配を読ませぬ利があるが、斬り込むさいに刀身をまわさねばならず、斬撃が遅くなるのだ。

小林との間合はおよそ四間（約七・二メートル）。遠間である。

小林はわずかに腰を沈め、唐十郎の仕掛けを待っているのか、身動《みじろ》ぎもしない。

――何か秘めているようだ。

と、唐十郎は察知した。四間の遠間から仕掛けるには、刀法だけでなく特殊な動きをするのではないかと思ったのである。

――鬼哭《きこく》の剣を遣う。

小宮山流居合には、鬼哭の剣と呼ばれる必殺剣があった。この剣は一子相伝《いっしそうでん》で、師範代の弥次郎も会得していない。唐十郎は、父、重右衛門が生存しているときに伝授されたのである。

鬼哭の剣は抜きつけの一刀を逆袈裟に斬り上げて、敵の首筋を斬る。血管《ちくだ》を斬るため首筋から血が噴き、その噴出音が啾々《しゅうしゅう》として鬼哭のように聞こえることからその名が付いたのである。

鬼哭の剣は一太刀で敵を斃《たお》すだけでなく、跳躍しざまに一颯《いっさつ》を浴びせることから通常の抜刀の間合より遠間で仕掛けられる利があるのだ。

唐十郎は居合腰に沈め、抜刀体勢を取った。

小林は動かなかったが、その全身に気勢が満ち、いまにも斬り込んでくる気配がみなぎっていた。

と、小林が疾走した。

迅《はや》い！　まさに、黒い疾風のようだった。

そのとき、小林の右手に白い光芒《こうぼう》が見え、体が左右に揺れだした。光芒は刀身である。背後に引いていた刀身を高くかざしたのだ。体が揺れて見えるのは、その刀身を揺らしているせいらしい。

——間合が読めぬ！

光芒と体の揺れで間合だけでなく、どこから斬り込んでくるのか、敵の斬撃も読めなかった。

小林は一気に眼前に迫ってきた。

——斬られる！

と察知した瞬間、唐十郎の体が躍った。

イヤァッ！

裂帛《れっぱく》の気合と同時に、抜きつけの一刀が、揺れている小林の首根に疾《はし》った。遠間から放った鬼哭の剣である。

刹那《せつな》、唐十郎の首筋を刃風がかすめた。

間髪を入れず、小林が八相から刀身を横に払ったのである。

ふたりは交差し、大きく間合を取って反転した。ふたたび、小林は八相に構え、唐十郎は刀身を鞘に納めていた。

唐十郎の首筋にかすかな痛みがあり、生暖かいものが肌をつたってきた。血である。小林の切っ先が、うすく皮肉を裂いたのだ。

一方、小林の左耳下の首筋からも血が赤い筋を引いていた。唐十郎の切っ先が浅くとらえたのである。

ただ、ふたりともかすり傷だった。

「お互い、一寸、伸びたりなかったようだな」

小林がくぐもったような声で言った。その顔に驚きの表情がある。唐十郎が、これほどの遣い手とは思わなかったのかもしれない。

だが、小林に恐れや戸惑いの色はなかった。全身に闘気《とうき》がみなぎり、薄い唇が血を含んだように赤みを増し、双眸が炯々《けいけい》とひかっている。

「次は、その首を落とす」

言いざま、小林は刀身を背後に引いて、わずかに腰を沈めた。疾走体勢を取ったのである。

そのとき、ふいに助造が唐十郎の脇に走り出た。

「お師匠の助太刀！」

声を上げ、抜刀体勢を取った。

助造は唐十郎の首筋から流れる血を見て、唐十郎が危《あや》ういと見たようだ。

「助造、引け！」

唐十郎が叱咤《しった》するように言ったが、助造は引くどころか、唐十郎の前に出ると、目をつり上げ、さらに踏み込む気配を見せた。

それを見て、小林が一歩身を引いた。八相に構えていたがわずかに腰が浮き、全身から闘気が消えていく。

「居合がふたりでは、勝負にならぬな」

小林はうす笑いを浮かべてそう言うと、さらに身を引いて納刀した。

「狩谷、勝負はあずけた」

そう言って、小林はきびすを返すと、夜陰のなかへ悠然と歩きだした。背後にいた町人体の男が慌てて、後を追っていく。

唐十郎は闇のなかに溶けるように消えていく小林の後ろ姿を見送りながら、
――恐るべき敵だ。
と、思った。
敵には、小林の他にも同じように腕の立つ一文字と馬崎がいるのである。

第三章　罠

1

「お松、出かけてくるぜ」

弐平は座敷にいるお松に声をかけた。そこは、店の奥にある座敷で、ふだんは居間に使っている。

「おまえさん、店はどうするんだい」

お松が不満そうな顔をした。

「遅くならねえが、帰《けえ》るまで寅次を使ってくれ」

そう言いおいて、弐平は亀屋を出た。

通りを歩きながら、弐平は、手伝いの婆さんでも頼まねえと、やっていけねえな、とひとりごちた。ちかごろ、お松は弐平が店の手伝いをすると決め付けて、お上の御用で店をあけるといい顔をしないのである。

弐平は神田鎌倉《かまくら》町へ行くつもりだった。鎌倉町に勘助《かんすけ》という岡っ引きがいた。勘助は弐平と同じように南町奉行所の定廻り同心、千島仙九郎に手札をもらっている男で、弐平とも顔見知りだった。

弐平は、同心の岡倉とその手先の島造の動きが気になってならなかった。弐平を岩田屋の事件からはずすだけでなく、探索の手を唐十郎たち狩谷道場の者にまでむけているような気がしたのである。そこで、勘助に岡倉や島造の動きを訊いてみようと思ったのだ。

勘助の家は紅屋《べにや》だった。小体《こてい》な店で、女房と小僧ひとりでやっている店である。戸口から入ると、貝殻や焼き物の小皿に塗り付けた紅が並べてあった。紅屋は白粉《おしろい》、鬢《びん》付け油などもいっしょに売る店が多いが、勘助の家は紅だけ商っているらしい。

「親分はいるかな」

弐平が声をかけると、店先で貝殻に紅を塗っていた年増が顔を上げ、驚いたように目を剝《む》いた。貉《むじな》のような顔をした厳《いか》つい男が、ぬっと顔を出したので驚いたらしい。

「どなたさまです」

年増は腰を浮かせながら訊いた。小柄で痩《や》せていたが、鼻筋のとおった美人である。

「親分に、松永町の亀屋から来たと言ってくんな」

そう言えば、弐平と分かるはずだった。

「お待ちください」

年増は慌てて立ち上がり、奥へむかった。

弐平は年増の尻に目をやりながら、いい女だが、おれの好みじゃァねえ、と鼻の下を伸ばしてつぶやいた。

「おお、松永町の、何ニヤニヤしてるんだい」

奥から出てきた勘助が、弐平の顔を見るなり言った。勘助は三十代半ば、浅黒い肌をした目の鋭い男である。

「なに、いい陽気になったんでな。顔の方もゆるんでるのよ」

弐平は顔の笑いを消して言った。

「おめえ、気がふれたんじゃァあるめえな」

勘助が弐平の顔を覗《のぞ》き込むように見た。

「気は確かだよ」

弐平は勘助に身を寄せ、ちょいと、おめえに訊きてえことがある、と小声で言った。

「そうかい。……店先で話すわけにもいかねえな。客がびっくりするだろう」

勘助は弐平の顔を見ながら言った。

弐平は、どうせ、紅屋には似合わねえ面《つら》だよ、と胸の内で毒突いたが、

「いい陽気だ。そこらを歩きながら話すかい」

と、愛想《あいそ》良く言った。勘助に腹を立てられると、話も聞けなくなるのだ。

「そうしよう」

勘助はすぐに戸口へ出てきた。

ふたりは町筋をいっとき歩き、鎌倉河岸へ出た。表店《おもてだな》の並ぶ通りは、行き交う人が多くて話もできなかったのである。外堀沿い河岸通りにも人影はあったが、まばらだった。

「それで、何が訊《き》きてえ」

勘助の方から話しかけてきた。

「岩田屋の番頭と手代が殺されたのは知ってるだろう」

「ああ」

「おめえも、探ってるのかい」

弐平が訊いた。

「千島の旦那に、探ってみろとは言われたが、本腰を入れてやァしねえ。岡倉の旦那が仕切ってるようなんでな」

「そうかい。おれも首をつっ込んだんだが、はずされちまったよ。島造の差し金と見てるんだが、妙に気になってな」

「何が気になるんだ」

　勘助が足をとめて訊いた。

「おれが、岩田屋の事件《やま》からはずされるのはかまわねえんだが、島造のやつ、おれの手先にまで探りを入れてるのよ」

　弐平も足をとめ、外堀の水面に目をやりながら、寅次が島造に酒を飲まされて話を訊かれた経緯《いきさつ》を話した。

「そいつは妙だな。それで、島造はおめえの手先から何を訊き出そうとしたんでえ」

　勘助も腑に落ちないような顔をした。

「てえしたことじゃァねえ。今度の事件の下手人のことや亀屋に来る牢人《ろうにん》のことらしいんだ」

　弐平は唐十郎や狩谷道場の名は出さなかった。

「その牢人だが、腕は立つのかい」

　勘助が訊いた。

「腕は立つ」

「それで、何をして暮らしてるんだい」

「さァ、くわしいことは知らねえが、刀の目利きだと聞いた覚えがあるな」

弐平はとぼけた。まさか、切腹の介錯や死体の試し斬りをしているとは言えなかったのである。

「島造は、その牢人を今度の事件の下手人と見てるのかも知れねえぜ」

勘助が小声で言った。

「なに、下手人だと」

弐平は驚いた。まさか、島造が唐十郎を下手人と見て探っているとは思ってもみなかった。

「そうよ。おれが聞いた話じゃァ、大川端で斬られた侍も岩田屋の番頭と手代も同じ下手人で、辻斬りと見てるらしいや」

「辻斬りだと！　そんなはずはねえ」

思わず、弐平は声を大きくした。

当初は、殺された民蔵の財布が抜かれていたことから辻斬りの仕業であろうと町方もみていた。岡倉も辻斬りだと明言して、岡っ引きたちに探索を命じたのだ。ところが、大川端で殺された武士が滝川藩士であり、民蔵と浜吉を殺した下手人と手口が同じであることが分かった。さらに、民蔵が殺される前に滝川藩の家臣と会っていたことも分かり、町方の見方も滝川藩士が下手人らしいということになったのである。

島造や岡倉も、辻斬りの仕業でないことは分かっているはずだった。その証拠に、島造は寅次に下手人が滝川藩士であることを匂わせていたではないか。

「島造たちは、下手人は腕のいい牢人と睨《にら》んで、それらしいのを洗っているってことだよ」

「あの眠り首は、辻斬りの仕業だというのか」

「そうよ。眠り首は、辻斬りが己《おのれ》の腕を見せつけるためか、死骸《ほとけ》を成仏させるためだと島造たちは読んでるようだぜ」

「うむ……」

弐平の顔が赭黒《あかぐろ》く染まった。

——野晒の旦那があぶねえ！

と、弐平は思った。

介錯人として首を打ったり、刀の斬れ味を試すために死骸《おろく》を斬ったりする唐十郎は、首を斬り、死体の目を閉じさせて去る下手人に仕立てるには誂《あつら》え向きの男である。

——そうか。旦那を尾けてたのは、島造の手先か。

弐平は思い当たった。そして、島造の探索の手が唐十郎の身辺にまで伸びているのを察知した。当然、島造の背後には岡倉がいるはずである。

それにしても、岡倉はなぜ唐十郎を下手人に仕立てようとしているのであろう。下手人が滝川藩士では捕縛《ほばく》できないので、捕らえることのできる牢人を下手人に仕立てて事件の決着をつけるつもりなのか。

弐平は、そうではない気がした。岡倉と島造は何か思惑があって、唐十郎を下手人にしようとしているにちがいない。

——ともかく、旦那に話しておかねえと、取り返しのつかねえことになる。

唐十郎だけではなかった。唐十郎が捕縛されれば、当然弐平とのつながりも明らかになり、十手を取り上げられるだけではすまないだろう。唐十郎の仲間として、小伝《こでん》馬町《ま》送りになるかもしれない。

「弐平、どうした。体の具合でも悪いのか」

勘助が心配そうな顔で訊いた。

弐平が顔を赭黒く染めたままつっ立っているので、体の具合でも悪くなったと思ったらしい。

「何でもねえ。島造のやり方が、気に入らねえだけよ」

弐平はそう言って、せかせかと歩きだした。

2

風のない静かな夜だった。月が皓々《こうこう》とかがやき、夜気には春らしいやわらかさがある。

唐十郎は縁先で月を観ながら、茶碗酒をかたむけていた。唐十郎は夜の静寂《しじま》のなかで、ひとりで酒を飲んでいるのが好きだった。己の欲望も生も死も、唐十郎の意識のなかにはなかった。ただ、時のとまったような静寂と闇のなかで、酒の滋味《じみ》と酔いに身をまかせているのである。

夜の静寂のなかにいると、己が何ものにも囚《とら》われない風のようにも野辺に晒《さら》され腐食していく屍《しかばね》のようにも思えてくる。胸の奥底には、深い悲哀と絶望とがあったが、ひとり酒をかたむけていると諦念《ていねん》と酔いが唐十郎を慰撫《いぶ》してくれるのだ。

唐十郎が貧乏徳利の酒を湯飲みについでいるとき、かすかに物音がした。庭の若草のなかを風が吹き抜けていくような音である。同時に、かすかに足音がした。唐十郎は傍らの祐広に手を伸ばしたが、すぐに手を湯飲みにもどした。唐十郎は、その風を思わせるような忍び足に覚えがあった。

——咲《さき》か。

咲は女ながら伊賀《いが》者である。咲は幕臣で、明屋敷番《あけやしきばん》伊賀者組頭だった。これまで、唐十郎は幕閣を巻き込んだ事件のおり、咲たち伊賀者と組んで何度も敵と戦った。そうした戦いのなかで咲が敵刃を受けて傷付き、唐十郎が介抱してやったことがあった。そのとき、ふたりは情を通じ合う仲になったのだ。

咲は軒先の闇のなかから唐十郎の前に姿をあらわした。その柔らかな肢体を、鼠染《ねずぞ》めの忍び装束《しょうぞく》につつみ、足を折敷《おりし》いている。

「唐十郎さま、咲にございます」

咲はくぐもった声で言った。伊賀者組頭として来たらしく、その声に情を交わした女の甘さはなかった。

「久し振りだな。それで、用は」

唐十郎にも、情婦に対するような親しさはなかった。

「滝川藩士がふたり、斬られたことをご存じですか」

「知っている」

「滝川藩家中の騒動は」

「その話も聞いているが、咲は滝川藩の騒動を探っているのか」

咲は滝川藩の内情にくわしいようである。

「はい」

「伊勢守《いせのかみ》さまの命か」

伊勢守とは、老中阿部《あべ》伊勢守正弘《まさひろ》である。

阿部は咲の父親だった伊賀者組頭、相良甲蔵《さがらこうぞう》に伊賀者のなかから術者を集めさせて隠密《おんみつ》を組織させた。それが、阿部の密命を受けて動く相良一党であった。ところが、相良は敵との戦いのなかで討死し、その一党を引き継いだのが咲である。したがって、現在も咲たち一党は阿部の密命によって隠密活動をつづけているのだ。

「はい、伊勢守さまは滝川藩の内紛を懸念《けねん》され、大事に至らぬうちに内々で始末をつけるようお命じになられました」

咲が抑揚《よくよう》のない声で言った。

「それで、伊勢守さまは、世継ぎをだれにしろと言っているのだ」

阿部が嘉勝を推《お》しているなら、唐十郎と敵対することになり、当然咲も敵側に付かなければならなくなる。

「伊勢守さまは、どちらに滝川藩を継がせたいか明言されてはおりませぬ。ただ、江戸市中で騒動を起こさぬよう、早々に始末を付けるよう仰せられました」

「そうか」

　どうやら、敵でも味方でもないようだ。阿部は騒ぎが大きくなり、それでなくとも不安な政情が、これ以上乱れることを恐れているのだろう。

「懸念がございます」

　咲が唐十郎を見つめて言った。その目が、闇のなかでうすくひかっている。伊賀者の頭らしいするどい目である。

「懸念とは」

「唐十郎さまのことでございます」

「おれのことだと」

「はい、町方が唐十郎さまの身辺を探っております」

「なにゆえ、町方がおれを探るのだ」

　唐十郎は、町方の探索を受けるような覚えはまったくなかった。

「子細は分かりませぬが、町方は滝川藩士と岩田屋の奉公人を斬り殺した下手人を、辻斬りと見て探っているようです。……腕の立つ牢人ということで、唐十郎さまに目をつけたと思われます」

「だが、町方も下手人は滝川藩士らしいと気付いているはずだぞ」

唐十郎は腑《ふ》に落ちなかった。弐平も、町方が辻斬りとして洗っているなどとは口にしなかった。

「なにゆえ、町方が辻斬りの仕業とみたのか、理由は分かりませぬ」

「うむ……」

いずれにしろ、面倒なことになりそうだと思った。

「町方は、本間どのや助造さんの身辺も探っているようです」

咲によると、岡っ引きらしい男が道場を見張り、弥次郎と助造の後を尾けたのを目にしたという。

「そう言えば、思い当たることがある」

唐十郎は、町人体《てい》の男に尾行されたことを思い出した。あれは、町方の手先だったようである。

唐十郎が岡っ引きらしい男に尾行されたことを話すと、

「唐十郎さま、一時身を隠してはどうでしょうか」

と、咲が言った。

「いや、もうすこし様子を見よう」

唐十郎は、その前に弐平に町方の動きを訊いてみようと思ったのだ。

「唐十郎さまさえよければ、緑《みどり》町の空屋敷を使ってもかまいませぬが」

本所《ほんじょ》緑町に咲たち明屋敷番が管理している空屋敷があった。これまでも、唐十郎は身を隠すとき、その空屋敷を使わせてもらったことがあるのだ。

「そのときは頼む」

どうやら、咲は唐十郎に町方の動きを知らせるとともに空屋敷に身を隠すよう勧めに来たらしい。

いっとき、ふたりの会話がとぎれ、夜の静寂がふたりをつつんだ。ふと、目を合わせると、咲の目に切ないような女の情が浮いたが、それも一瞬で、すぐに伊賀者の頭らしいするどい目にもどり、

「今夜は、これにて」

と言い残し、くるりと反転した。

風が叢《くさむら》を吹き抜けるような音がし、黒い影が夜陰のなかへ消えて行く。

唐十郎は咲のいなくなった闇に目をやりながら、何事もなかったようにゆっくりと湯飲みをかたむけた。

3

「旦那、狩谷の旦那……」

縁先で若い男の声がした。聞き覚えのない声である。

唐十郎は居間で横になっていたが、すぐに身を起こした。男の声に切羽詰《せっぱつ》まったひびきがあったのである。

障子をあけると、縁先の夕闇のなかに若い男が立っていた。一瞬、唐十郎はだれか分からなかった。

「旦那、弐平親分のところの寅次ですよ」

寅次が目を剝《む》いて言った。

なるほど寅次である。だが、ふだんの姿とはちがう。黒の半纏《はんてん》に股引《ももひき》。手ぬぐいで頰《ほお》っかむりして、大工か職人のような身装《みなり》をしていた。

「どうした？」

「親分がお呼びで」

「なぜ、弐平が来ないのだ」

これまで、道場に寅次を寄越したことはなかった。

「親分は、ここには来られねえんで。あっしも、島造たちに分からねえように身を変えたんですぜ」

島造というのは、日本橋界隈を縄張にしている岡っ引きだという。

「分かった。行こう」

唐十郎は立ち上がり、祐広を腰に帯びた。

六ッ半（午後七時）ごろだろうか。町筋は淡い夜陰につつまれ、通り沿いの表店は店仕舞いしてひっそりとしていた。弐平は人目を避けるために、暗くなってから寅次を使いに寄越したらしい。

寅次がつれていったのは、佐久間町の神田川沿いにある藪辰《やぶたつ》というそば屋だった。奥の小座敷で待っていた弐平は、

「そば屋の親爺が、そば屋にいるとは思うめえ」

と言って、口元にうす笑いを浮かべた。

弐平が頼んでおいた酒がとどき、唐十郎と弐平とで酌《く》み交わした後、

「それで、何の用だ」

と、唐十郎が訊いた。

「妙な雲行きになってやしてね」

弐平が渋い顔をして言った。

「町方がおれを探っていることか」

唐十郎がそう言うと、弐平は驚いたように目を剝いて、

「何で知ってるんです？」

と、訊いた。

「咲が知らせてくれたのだ」

弐平は咲のことを知っていたので、隠すこともなかったのだ。

「それなら話は早えが、岡倉の旦那は本腰を入れて、野晒の旦那たちを捕《と》る気でいやすぜ」

岡倉は、南町奉行所の定廻り同心だという。

「辻斬りの嫌疑でか」

「そうでさァ」

「町方も、滝川藩士や岩田屋の番頭たちを斬った下手人は、滝川藩の者だと気付いてるはずだがな」

小林たちの名まではともかく、辻斬りでないことは分かっているはずである。

「それが、どうも妙なんで。……岡倉の旦那は、無理にも旦那や本間の旦那を下手人に仕立てようとしてるとしか思えねえ」

弐平の顔に戸惑うような表情が浮いた。

「あの眠り首は、おれの仕業というわけか」

「そうなんで。あっしが何人かの御用聞きに当たって耳にしたことだが、島造たちは日頃首を刎《はね》たり、死骸《おろく》を試し斬りしたりして暮らしを立てている旦那や本間の旦那が、てめえで斬った死人《しびと》を成仏させるために、そうしてるにちげえねえ、などとぬかしてるらしいんで」

島造たちは、唐十郎たちの生業《なりわい》も調べて知っているという。

「こじつけだな。……だが、こうなると、あの眠り首は狩谷道場の者の仕業と見せるためにやったとも考えられるな」

さすがに、唐十郎は驚いた。思いもしなかったことである。

「いずれにしろ、あの首は旦那を下手人に見せるには格好のものですぜ」

弐平が顔に苦渋を浮かべて言った。めずらしく、弐平はほとんど酒に手を出さなかった。飲む気にもなれないらしい。

「うむ……」

そうかもしれない、と唐十郎は思った。日頃、介錯人として切腹者の首を落としたり、試刀のために死骸を斬ったりしている男が仏心を起こして、死体の目をとじさせたとの謂《いい》は、それなりに説得力がある。

「旦那、何とかしねえとお縄になりますぜ」

弐平が不安そうな顔をした。

「だが、おれが下手人でないという証《あかし》は立つ。いざとなれば、倉西どのや林どのが、証言してくれよう」

「旦那、そんな呑気なことを言っちゃァいられませんぜ。岡倉の旦那は八丁堀でも厳しいことで知られていやす。侍だろうと、下手人とみれば情け容赦なく拷問《せめ》にかけやすぜ。下手をすりゃァ、手に余ったと言って、手にかけるかもしれねえ。いくら旦那だって、捕方を皆殺しすることなんてできねえ」

「捕方を斬ることはできんな」

捕方を斬れば、言い逃れはできなくなるだろう。それに、その場は逃げられたとしても江戸には二度と住めなくなる。

「旦那、身を隠してくだせえ。旦那が捕られたら、あっしも危ねえ」

弐平が泣き付くような哀れな声で言った。

「弐平まで、お縄になるのか」

唐十郎が訊いた。

「島造は旦那とあっしがつながっているとみてやしてね。あっしゃ寅次にまで、探りを入れてるんでさァ」

弐平が困惑したように顔をゆがめた。

「それで、ここに呼び出したのか」

唐十郎は、寅次を道場に寄越して、この店に呼び出した理由が分かった。

「へい、亀屋も島造の手先に見張られてるようなんでね」

「うむ……。だが、おれは今度の件から手を引く気はないぞ」

唐十郎は、倉西から小林たち三人を討つ助勢をすることで金をもらっていた。己《おのれ》が町方に嫌疑《けんぎ》をかけられたからと言って、手を引くことはできない。それに、唐十郎が事件から手を引いても、岡倉や島造たちが唐十郎を下手人とみて探索を進めることに変わりはないだろう。

「あっしも、このままにはしねえが、ひとまず身を隠しやすぜ。亀屋にいたんじゃァ、手も足もでねえ」

弐平は、お松の兄の利三《としぞう》のところで厄介《やっかい》になる、と言い添えた。

利三は浅草鳥越町《あさくさとりごえ》の棟割《むねわ》り長屋に住み、茶飯売りを生業にしていた。弐平は以前も身を隠す羽目になり、利三の世話になったことがあったのだ。そのときも、茶飯売りに化けて敵の様子を探ったのである。

「寅次はどうする」

唐十郎は傍らに座っている寅次に目をやった。

すると寅次が、

「あっしも茶飯売りをやりやす」

と、神妙な顔をして言った。

「こいつも、あっしの下でお上の仕事をつづけてえらしいんで、いっしょに茶飯を売り歩くことにしやした」

弐平が苦笑いを浮かべながら言った。

「弐平、島造たちに何か動きがあったら知らせくれ。そのときは、おれも身を隠す」

唐十郎ひとりなら、すぐにも緑町の空屋敷に住んでもいいが、弥次郎と助造のことを考えると、できれば道場を離れたくなかったのである。

「なに、案ずることはない。町方もそう簡単に、おれたちに手出しはできん」

唐十郎がそう言って、猪口の酒を飲み干すと、

「そうかもしれねえ。なにせ、旦那は剣術の腕が立つ。岡倉の旦那も、盗人や博奕《ばくち》打ちをふん縛《じば》るようなわけにはいかねえからね」

そう言って、弐平は膳の上の猪口に手を伸ばした。やっと、酒を飲む気になったらしい。

4

滝川藩上屋敷の表門がひらき、四人の陸尺《ろくしゃく》に担《かつ》がれた御留守居駕籠が出てきた。駕籠の前後に八人の藩士がしたがっていた。駕籠の主は、御留守居役の倉西武左衛門である。

この日、倉西は赤坂《あかさか》にある滝川藩の中屋敷へ行くつもりだった。中屋敷には、半年ほど前から嗣子《しし》の竹之助が居住しており、風邪気味とのことなので、見舞いと同時に警備の様子を確認するためである。

駕籠の警護には、林、清川、大河内、それに林の配下で腕に覚えの者が五人したがった。いつになく厳重な警護であった。それというのも、数日前、上屋敷のある愛宕下広小路を歩いている三人の武士を見かけた家臣がおり、深編み笠で顔を隠していたためはっきりしないが、小林、一文字、馬崎ではないかと口にしたからである。

その噂を耳にした林は、小林八十郎たちが竹之助派の重臣を狙って屋敷周辺にあらわれたのではないかと見たのだ。そのため、この日はいつもより警護の人数を増やし、念のため林自身もしたがったのである。

倉西の乗る駕籠は、溜池《ためいけ》沿いを通って赤坂御門の先、紀伊《きい》家上屋敷の脇を通って南へむかった。大名の下屋敷や大身の旗本屋敷などが、通り沿いにつづいている。中屋敷は紀伊家の屋敷を過ぎて数町行った先にあった。

倉西たちは何事もなく、中屋敷に到着した。さっそく倉西は竹之助を見舞った後、お付きの奥女中や医師から話を聞くと、竹之助君は風邪の峠《とうげ》を越え、いまは熱もなく食欲も回復したので数日で本復するだろうとのことだった。

倉西は安堵した、ここで竹之助が風邪をこじらせて落命するようなことにでもなれば、世継ぎどころではないのである。

倉西は林とともに中屋敷の警護の様子も見てまわった。懸念するようなことはなかった。警護は厳重だったし、竹之助の身辺に嘉勝派と思われる家臣はいなかったのである。もっとも、上屋敷には嘉勝派の家臣がすくなからずいたので、竹之助の身を守るために倉西と猿島が、世継ぎが決まるまで中屋敷で暮すように手配したのである。

倉西たちは、七ツ半（午後五時）ごろ、中屋敷を駕籠で出た。従者は来たときと同様、林たち八人である。

曇天のせいか、辺りは夕暮れ時のように薄暗かった。通り沿いは大名屋敷や大身の旗本屋敷がつづき、静寂につつまれていた。行き交う人の姿はまばらである。供連れの旗本や藩士らしい男が足早に通り過ぎていく。

倉西たち一行は、紀伊家の屋敷の脇を通り、赤坂御門の前へ出た。突き当たりを右手にまがり、溜池沿いを愛宕下へとむかった。

溜池沿いの道はひっそりとしていた。通りの右手に町家があったが、暮れ六ツ（午後六時）ちかかったこともあり、店仕舞いした表店もおおく、人影はほとんどなかった。通りの左手は笹藪や葦《あし》、芒《すすき》など丈の高い雑草の群生した地がつづき、その先には溜池の水面がひろがっている。

溜池沿いの道に入ってしばらく歩くと、左手の笹藪の先に稲荷《いなり》が見えてきた。通り沿いに赤い鳥居があり、境内を樫《かし》の深緑がおおっている。

駕籠が鳥居の手前まで来たときだった。ふいに、樫の陰から人影が走り出た。数人。いずれも、黒頭巾《ずきん》で顔を隠している。

「狼藉者《ろうぜき》！」

駕籠の先棒の前にいた清川助左衛門が叫んだ。

襲撃者は五人いた。すでに、抜刀し、白刃が淡い夕闇のなかににぶいひかりを放っている。五人は、ばらばらと走り寄り、駕籠の行く手をはばむように立ちふさがった。

「駕籠を守れ！」

林が声を上げ、前に走った。三人の家臣が林の後につづく。

と、ザザザッ、と笹を掻き分ける音がし、背後の笹藪からも人影が飛び出してきた。四人。やはり黒頭巾で顔を隠している。

「挟み撃ちだ！　手筈どおり、駕籠を守れ」

林が声を上げた。

すぐに、林たち警護の者が駕籠の前後へ走った。清川とふたりの家臣が前方の敵に、大河内とふたりの家臣が後方の敵に対処し、林ともうひとりの家臣が駕籠の両脇についた。前後から敵に襲撃されたときのことを想定し、あらかじめ駕籠を守る布陣が決めてあったのである。

その駕籠のまわりを頭巾の男たちが、すばやい動きで取り囲んだ。いずれも手練《てだれ》らしく、動きが敏捷《びんしょう》で腰も据わっている。

「斬れ！　ひとり残らず、斬れ」

前方に立った巨軀の男が、吼《ほ》えるように叫んだ。

頭巾の間から、双眸が炯々《けいけい》とひかっている。首が太く、胸が厚い。手にした刀は、三尺はあろうかと思われる身幅のひろい剛刀だった。

——こやつ、馬崎だ！

林は、男の体軀から見てとった。林は郷士の馬崎新兵衛と会ったことはなかったが、巨軀であることを聞いていたのだ。

そのとき、長身の男が駕籠の前へ出てきた。男は清川に対峙すると、八相に構えた。鬼迅流独特の刀身を背後に引く構えである。その身構えに異様な威圧があった。

林は、その長身と構えから、一文字弥助であろうと見てとった。九人のなかに馬崎と一文字がいるとなると、小林もくわわっているだろう。

——太刀打ちできぬ！

と、林は察知した。馬崎、一文字、小林だけでも、強敵だった。くわえて、六人もの遣い手がいるのである。おそらく、嘉勝派の家臣のなかから腕利きを集めたのであろう。

「上屋敷へ行くぞ！　駕籠のまわりから離れるな！」

林が声高に命じた。

ここまで来れば、中屋敷へもどるより上屋敷の方が近い。上屋敷まで何とか逃げるしか、倉西を守る手立てはなかった。

「駕籠を出せ！」

林の指示で、陸尺が駕籠を担いだまま歩きだした。陸尺たちは恐怖に顔をこわばらせていたが、逃げ出さなかった。こうなることを話し、豪胆な者たちを選んでおいたからである。

駕籠の周囲を刀を手にした林たち八人が取り囲み、切っ先を襲撃者にむけたまま移動した。

襲撃者たちも、駕籠を取り囲んだまま動いた。

5

「逃さぬ！」

叫びざま、馬崎が駕籠の前にいた清川に斬り込んだ。

上段から真っ向へ。膂力《りょりょく》に任せた凄《すさ》まじい斬り込みである。

咄嗟に、清川は刀身を振り上げて、この斬撃をはじいた。甲高《かんだか》い金属音がひびき、青火が散った。

清川がよろめいた。馬崎の剛剣に腰がくだけたのである。後ろへよろめいた清川に、馬崎が二の太刀をふるうべく、さらに踏み込んできた。その瞬間、清川の脇にいた佐久間《さくま》という警護の藩士が、馬崎の腹をねらって突きをみまった。

が、その気配を察知した馬崎は脇へ跳びざま、振り上げた刀身を横に払った。ふみこんできた佐久間を狙ったのである。巨軀に似合わぬ敏捷な動きだった。

佐久間が絶叫を上げてのけ反《ぞ》った。馬崎の斬撃が佐久間の肩口を深くえぐり、肩先から血が噴いた。だが、それほどの深手ではない。

一方、佐久間の切っ先は馬崎の着物の脇腹を裂いたが、肌までとどかなかった。

この間に体勢をたてなおした清川が鋭い気合を発しざま、馬崎へ斬り込んだ。振り上げざま袈裟へ。捨て身の一撃である。

清川の切っ先が、馬崎の左の上腕をとらえた。

馬崎は体勢をくずしてよろめいたが、

「おのれ！」

と叫びざま、憤怒《ふんぬ》の形相《ぎょうそう》で清川に斬り込んだ。体当たりするような一撃である。

馬崎の刀身が清川の肩口へ食い込み、ふたりの足がとまった。呻《うめ》き声を上げ、体を密着させたまま押し合っている。

清川の肩口から噴出した血と馬崎の二の腕から流れ出た血で、ふたりの上半身が蘇芳《すおう》色に染まっている。

戦いは凄絶だった。男たちが交差し、白刃が夕闇を切り裂く。怒号や絶叫が静寂を劈《つんざ》き、刀身のはじき合う音がひびいた。

その間にも、駕籠は溜池沿いの道を愛宕下へむかって進んだ。通りかかった風呂敷包みを背負った行商人やぼてふりなどが、悲鳴を上げて逃げていく。

——このままでは、逃げられぬ。

と、林はみた。襲撃者の方が人数も腕も上である。

「篠原《しのはら》、相模《さがみ》、山口《やまぐち》、吉田《よしだ》、この場で、食いとめるぞ！」

林が叫んだ。襲撃者を食いとめ、その間に駕籠を逃がすのである。名を呼ばれた篠原たちは、駕籠の警護の藩士である。

林の声で篠原たち四人が駕籠の周囲に走り、切っ先をむけて敵の足をとめた。いずれも、目をつり上げ必死の形相である。この隙《すき》に、大河内と傷ついた佐久間が、陸尺を先導して、その場から離れた。この戦法も、前もって話してあったのだ。清川は動けず、血まみれになりながら馬崎に切っ先をむけている。

「そこを、あけろ！」

一文字が、林の前に迫ってきた。

「われらを斬ってから、行け！」

林は遠ざかる駕籠を背にして、立ちふさがった。篠原たちも襲撃たちを食いとめるべく、通りにひろがって、敵に刀をむけている。

「その首、おれがたたっ斬ってやる」

叫びざま、一文字が八相に構えた。切っ先を後方にむけ、刀身を寝せている。鬼迅流独特の構えである。

対する林は青眼に構えたが、切っ先を敵の左拳につけた。八相に対応する構えである。

ふたりの間合はおよそ三間半。斬撃の間境からはまだ遠い。

林は一文字がこの構えから一気に疾走して斬り込んでくることを知っていた。まだ、鬼迅流の鬼疾風と真剣で立ち合ったことはなかったが、その刀法は噂に聞いていたのだ。

しだいに、一文字の構えに気魄《きはく》が満ちてきた。斬撃の気が高まっている。

ピクッ、と一文字の左拳が動いた。刹那《せつな》、一文字の全身に斬撃の気が疾《はし》り、体が躍った。

迅い！　一文字が一気に疾走してきた。

林の目に、一文字の体が獲物に迫る夜走獣のように映った。その一文字の体が左右に揺れ、肩先でにぶい光芒《こうぼう》が見えた。光芒は刀身である。

——来る！

一瞬、林は押しつぶされるような異様な威圧を感じた。間合も敵の構えも見えず、鋭い殺気だけを感知したせいらしい。

林は一文字の体が眼前に迫ってきたのを感じた瞬間、裂帛《れっぱく》の気合を発して、敵の真っ向へ斬り込んだ。

林も剣の手練だった。このままでは、斬られると察知し、捨て身の攻撃に出たのである。

が、次の瞬間、眼前に迫ってきた一文字の体が視界から消えた。一瞬の反応で、脇へ跳んだのである。

林の刀身が空を切った。同時に、林は胸元で刃風を聞き、焼鏝《やきごて》を当てられたような衝撃を覚えた。

林の胸元の着物が横に裂けた。あらわになった肌に血の線がはしり、血が噴き、赤い縄暖簾《のれん》のように胸板を流れた。一文字の、首を狙って横に払った切っ先が、林の胸をとらえたのである。一文字が林の斬撃をかわすために脇に跳びざま刀身を払ったため、首への斬撃はまぬがれたらしい。

「林さま！」

そのとき、脇にいた篠原が一文字に斬り込んだ。

一文字はすばやい動きで反転しざま、篠原の斬撃をはじいた。勢い余って体勢をくずして泳ぐ篠原に、一文字が二の太刀をみまった。

と、篠原の片耳が虚空に飛んだ。一文字の切っ先が、耳を削《そ》いだのである。

篠原は呻き声を上げながら後じさり、切っ先を一文字にむけた。凄まじい形相だった。顔の半分が赤い布を張ったように真っ赤に染まり、目をつり上げ、歯を剝き出している。

「おのれ！」

林は凄《すさ》まじい形相で、切っ先を一文字にむけた。だが、刀身が揺れている。極度の興奮が身を顫《ふる》わせているのだ。

襲撃者たちが、圧倒的に押していた。人数も倍で、腕も立つ。いっとき、林たちは持ちこたえたが、すぐに道の片側があいた。

「追え！　駕籠の倉西を討つのだ」

中背の男が叫んだ。目が細く、刺すように鋭い。

小林八十郎だったが、濃い暮色のなかにいたため、林には識別できなかった。

小林たち数人が駕籠の後を追って走りだした。駕籠は一町ほど先の夕闇のなかにあった。すでに、溜池のそばを抜け、汐見《しおみ》坂と呼ばれる武家屋敷のつづく町筋に入っている。

6

襲撃者たちが、駕籠の後方に迫ってきた。人影が大きくなり、かすかに足音も聞こえてくる。

「急げ！　藩邸はすぐだ」

大河内が叫んだ。

陸尺たちは必死になって走る。だが、後方から迫ってくる一団の方が足は速かった。ときとともに、その間がせばまってくる。

通りの左右は、大名屋敷や旗本屋敷がつづいていた。すでに、駕籠は愛宕下広小路に入っていた。武家屋敷は淡い夜陰のなかにひっそりと沈んでいたが、前方には増上寺の杜《もり》が夕空を黒く圧していた。

「来るぞ！」

「このままでは逃げ切れぬ」

大河内が言った。

「おれが、食いとめる」

佐久間が足をとめた。目がひき攣《つ》り、顔が土気色をしていた。肩口から胸にかけて、着物がどっぷりと血を吸っている。

駕籠は上屋敷まで数町のところまで来ていた。ここで、食いとめれば、屋敷まで逃れられると踏んだらしい。

「ならば、おれも」

大河内が足をとめようとすると、

「大河内、行け！　屋敷まで駕籠を守れ」

佐久間が、必死になって言った。

「分かった。すぐに、助太刀を連れてもどるぞ」

そう言い置き、大河内は駕籠を追った。

佐久間は通りのなかほどに立った。血まみれのまま、射るような目で迫り来る襲撃者たちを見すえている。

「ここは通さぬ!」

佐久間は、駆け寄ってきた一団に叫んだ。

小林たちは足をとめたが、ひとりの男が佐久間の脇をすり抜けて駕籠を追おうとした。

「通さぬ!」

叫びざま、佐久間がいきなり男に斬りつけた。捨て身のたたきつけるような斬撃だった。

咄嗟《とっさ》に、男は刀身を振り上げて佐久間の斬撃を受けたが、体勢がくずれてよろめいた。

だが、佐久間は踏み込んで二の太刀をふるわなかった。いっときでも長く、一隊の足をとめておくためである。佐久間は、さらに反対側から前に出ようとした男に走り寄りざま斬撃を浴びせた。

男が、絶叫を上げてのけ反った。背中が斜に裂け、長い血の線がはしった。佐久間の切っ先が肩口から腋《わき》にかけて皮肉を裂いたのである。

「どけ、おれが斬る」

言いざま小林が前に出て、佐久間と対峙した。

すぐさま小林は八相に構え、刀身を寝せると、一気に疾走した。敵の構えや気の動きを見ようともしなかった。手傷を追った佐久間を斬るのは容易だと踏んだからである。

小林が眼前に迫ると、佐久間はひき攣《つ》ったような気合を発し、真っ向へ斬り込んだ。だが、佐久間の斬撃には迅さも鋭さもなかった。

佐久間の刀身が空を切った瞬間、小林の刀が横一文字に一閃し、前のめりの体勢になった佐久間の首が後ろにかしいだ。

次の瞬間、佐久間の首根から血が奔騰《ほんとう》した。

佐久間は血飛沫を驟雨《しゅうう》のように撒きながら転倒した。伏臥《ふくが》した佐久間は手足を痙《けい》攣《れん》させていたが、悲鳴も呻き声も聞こえなかった。噴出した血が地面を打ち、しゅるしゅると物悲しい音をたてている。

「追え！」

小林が声を上げ、他の男たちが走り出した。

だが、駕籠と大河内の姿は見えなかった。夜陰が濃くなったせいもあるが、駕籠は路地をまがったのだ。すこし遠まわりになるが、大河内は追手をまくために道を変えたのである。

小林たちは、滝川藩の上屋敷へむかって走った。すぐに上屋敷の表門が見えてきたが、そのとき、倉西を乗せた駕籠は裏門から屋敷内に入っていた。

ただちに駕籠を下りた倉西は、大河内に家臣を集めるよう命じ、自らも家臣の住む長屋へ走った。

すぐに、屋敷内に残っていた竹之助派の関口小十郎をはじめ十数人の家臣が集まった。

「大河内、林たちを助けにむかへ！」

倉西は皺《しわ》の多い顔を赭黒く染めて叱咤《しった》するように叫んだ。

ハッ、と声を上げ、大河内を先頭に十数人の一隊が裏門から走り出た。

だが、愛宕下広小路に襲撃者の姿はなかった。血海のなかに、佐久間の首を斬られた死体が横たわっていただけである。

ただちに、大河内たちは溜池沿いの通りへ走った。一隊が汐見坂まで来たとき、脇道から相模が林の腕を肩にまわして体を支え、よろよろと歩み出てきた。

「林さま！」

大河内が声を上げて走り寄った。

「か、かすり傷だ……」

林は絞り出すような声で言ったが、顔は苦痛にゆがんでいた。上半身はどす黒い血に染まっている。

相模も無残な姿だった。元結《もとゆい》が切れ、ざんばら髪で頬に敵の切っ先を浴びたらしく、顔が血まみれである。ただ、命にかかわるような深手ではないようだ。

大河内の指示で、数人の家臣が林と相模を背負って上屋敷へ運んだ。大河内と関口、それに八人の家臣は、さらに溜池沿いまで走った。

だが、溜池沿いに立っている人影はなかった。路傍や叢《くさむら》に、敵味方数人の死体が横たわっていた。大気のなかに血の濃臭がただよっている。

ひとり生きていた。吉田である。吉田は腹を斬られ、叢のなかにへたり込んで、低い唸《うな》り声を上げていた。ただちに、吉田は大河内たちの手で屋敷内に運ばれ、医師の手当を受けたが、その夜のうちに落命した。

林は助かった。胸部に受けた傷は長かったが、皮肉を裂かれただけだったので、医師の血止めの手当により、命を取りとめたのである。

7

日本橋堀江《ほりえ》町の掘割に親父《おやじ》橋と呼ばれる橋がかかっていた。その橋の向こう側のたもとに小菊屋《こぎくや》という洒落《しゃれ》た名の小料理屋があった。

弐平は茶飯売りの格好をして、橋のたもとから小菊屋の店先に目をやっていた。小菊屋は、島造が女房にやらせている店である。弐平は島造を見張っていたのだ。

弐平は島造と岡倉のことが気になっていた。町方として、岩田屋の番頭と手代が殺された事件を探索しているだけではないように思えた。唐十郎たちを無理矢理下手人に仕立てようとしている裏に、何かあるような気がしたのである。

弐平は膝先に茶飯売りの道具を置き、手ぬぐいで頬っかむりして顔を隠していた。茶飯売りの道具は義兄に借りたものである。竹籠のなかに、飯櫃《めしびつ》、茶碗《ちゃわん》、煮しめなどが入っている。

親父橋は、魚河岸の船頭や奉公人、ぼてふり、職人などが通りかかり、結構茶飯が売れたし、その場に屈《かが》んでいても、すこしも不自然ではなかった。

弐平は、島造の動きを見張るだけでなく、ときおり立ち寄る客に、それとなく島造のことも訊いてみた。弐平が知っているとおり、島造の評判はよくなかった。袖の下次第で探索に手心をくわえるのはむろんのこと、脅《おど》し文句を並べて金を出させたり、お縄にした下手人を情け容赦なく打擲《ちょうちゃく》したり、御用聞きとは思えないような阿漕《あこぎ》な真似をしているという。

弐平も金にはうるさかったが、それでも十手を笠に着て町人から金を脅し取ったり下手人を痛めつけるような真似はしなかった。

八ツ（午後二時）ごろだった。島造は小菊屋にいるはずだが、今日はまだ姿を見せなかった。弐平がここで島造を見張るようになって、四日目である。これまで、弐平は二度、島造の跡を尾けた。一度目は下っ引きの仙助を連れて岡倉の巡視のお供をし、二度目は京橋に住む又次《またじ》という岡っ引きと会って、何やら話していた。

この四日間、島造はあまり小菊屋から出なかったが、仙助と平次郎は朝から出かけていることが多かった。どうやら、島造は仙助と平次郎に狩谷道場と亀屋を見張らせているようだった。

そのとき、親父橋のむこうに仙助と平次郎の姿が見えた。

——ふたりとも、帰《けえ》ってきたぜ。

仙助と平次郎は、せかせかした足取りで親父橋を渡り、小菊屋の方へむかって行く。ふたりは弐平のすぐ前を通ったが、振り返ってもみなかった。

ふたりは、小菊屋の引き戸をあけて店のなかに入った。いっときすると、島造が店から出てきた。仙助と平次郎がしたがっている。

三人は弐平のすぐ前を通り、堀沿いの道を日本橋川の方へ足早にむかった。その堀は日本橋川に通じていたのである。

弐平は三人の姿が遠ざかると、すばやく茶飯売りの道具をまとめて路傍の叢のなかに隠した。跡を尾けるのである。

島造たち三人は、日本橋川にかかる江戸橋のたもとで足をとめた。川岸近くに立って、通りの先に目をやっている。何か探しているようにも、だれかを待っているようにも見えた。

弐平はすこし離れた表店の脇の天水桶の陰に足をとめて、三人に目をむけていた。

江戸橋のたもとは賑やかだった。八丁堀方面から橋を渡ってくる者と、魚河岸や米河岸の方から来る者が交差している。河岸が近いせいか、ぼてふり、印半纏を羽織った船頭、魚河岸の奉公人、米俵を積んだ大八車を引く荷揚げ人足などが目につく。

――岡倉の旦那だ。

魚河岸の方から、数人の手先を引き連れて岡倉がやってきた。手先のなかには、又次の姿もあった。

すぐに、島造たち三人が岡倉に走り寄った。島造たちは岡倉を待っていたようである。岡倉は巡視の帰りらしく、江戸橋を渡って八丁堀へむかった。島造が岡倉に身を寄せて何やらしきりに話している。

――妙だな。

と、弐平は思った。いまから巡視の供ということはないはずだし、探索の様子を報《し》らせに来たのなら、仙助と平次郎のふたりを同行してくる必要はないだろう。

岡倉の一行は江戸橋を渡り、材木町《ざいもく》へ出た。掘割にかかる海賊橋《かいぞく》を渡れば八丁堀で、町方同心や与力の屋敷がつづいている。

岡倉が海賊橋のたもとで足をとめた。すると、島造たち手先が岡倉の周囲に走り寄った。岡倉は、集まった男たちに何やら話していたようだったが、すぐに島造を初め数人の手先が江戸橋や京橋方面へ散っていった。

岡倉は挟箱《はさみばこ》を担いだ小者だけを連れて、海賊橋を渡っていく。八丁堀の屋敷へ帰るのだろう。

弐平は町家の板塀の陰に身を隠し、島造たち三人をやり過ごした。そして、三人の後ろ姿が半町ほど離れると、通りへ出た。跡を尾けようと思ったのである。

江戸橋を渡ったところで、島造、平次郎、仙助の三人が三方に分かれた。島造は日本橋川の川下の小網町の方へ、平次郎は川上の日本橋の方へむかった。そして、仙助はそのまま真っ直ぐ神田方面へむかっていく。

——どういうことだ。

弐平は戸惑《とまど》った。三人が三方に分かれて何をやるつもりのか、弐平には分からなかった。

いずれにしろ、尾けてみるしかねえ、と弐平は肚《はら》を決め、親分である島造を尾けることにした。

島造は日本橋川沿いの道を足早に川下へ歩いていく。小網町を一丁目、二丁目と過ぎ、さらに行徳河岸の方へむかった。

——岩田屋かな。

行徳河岸には、岩田屋があった。弐平は、岩田屋に聞き込みにでも行くのかと思ったが、いまになって聞き込みもないだろうという気もした。

それからいっとき歩き、島造は小網町三丁目にあった土蔵造りの店に入っていった。そこは、廻船問屋の大島屋である。

——大島屋とつるんでるのか。

弐平は、大島屋が滝川藩の嘉勝派の家臣と結びつき、滝川藩の蔵元の座を狙って岩田屋に対抗していることを唐十郎から聞いていた。

弐平が川岸の柳の陰でいっとき待つと、島造が店から出てきた。いっしょに番頭らしき男も姿を見せ、店先で何やら言葉をかわしていたが、すぐに島造は行徳河岸の方へ歩きだした。番頭らしき男は、そのまま店のなかへ入ってしまった。

弐平はさらに島造の跡を尾けた。島造は岩田屋の前は素通りし、大川端沿いの道を川上にむかって歩き出した。

――どこへ行くつもりだい。

島造の住居でもある小菊屋とは逆方向になる。

島造は大川にかかる新大橋を渡って、深川《ふかがわ》へ出た。島造が入ったのは、深川今川町《いまがわ》の下駄屋《げた》だった。

――元蔵《もとぞう》の家だぜ。

下駄屋は元蔵という岡っ引きが、女房にやらせている店である。元蔵は深川、本所辺りに顔の利く親分で、岡っ引き仲間からも一目置かれている男だった。

弐平は、島造が何のために元蔵に会いに来たのか見当もつかなかった。元蔵は岡倉の息のかかった岡っ引きではなかったし、今度の事件にも熱を入れて探っているような節もなかったのだ。

半刻（三十分）ほどして、島造は下駄屋から出てきた。若い男が店先まで、見送りに出てきて、島造に何やら声をかけていた。若い男は元蔵の使っている下っ引きであろう。

島造は下駄屋を出ると、新大橋の方へもどり始めた。島造は新大橋を渡り、行徳河岸を経て、小網町から掘割沿いに小菊屋の方へむかった。

そこまで尾けて、弐平は深川へ取ってかえした。島造が何のために元蔵と会ったのかひどく気になっていた。

陽は西の空に沈みはじめていた。大川の川面が夕陽を映して、淡い鴇《とき》色に染まっている。風のないおだやかな日で、猪牙舟や荷を積んだ艀《はしけ》などが、ゆっくりと行き交っている。

8

「めずらしいな。弐平じゃァねえか」

下駄屋の店先に出てきた元蔵が、驚いたような顔をして言った。五十がらみ、目が大きく、頤《おとがい》の張った厳《いか》つい顔をしている。

「ちょいと、前を通りやしたんで、親分に挨拶をしようと立ち寄ったわけで」

弐平は満面に笑みを浮かべて言った。

これまで、弐平は元蔵と事件の探索を通して何度も顔を合わせていた。むろん、話をしたこともあるし、いっしょに酒を飲んだこともある。ただ、昵懇《じっこん》というわけではない。他の岡っ引き仲間と同じように、お互いの顔をつぶさないようにお上の御用を果たしているだけである。それでも、弐平が元蔵の顔を立てて挨拶に立ち寄ったと言えば、悪い気はしないだろう。

「せっかくだ、茶でも飲んでいくかい」

元蔵は機嫌よさそうに言った。

「いえ、あっしも忙しい身なもんで、挨拶だけで勘弁させていただきやす」

弐平は殊勝《しゅしょう》な顔をして言った。

「そうかい。おめえも、明日の捕物に出るんだろうからな」

元蔵が声をひそめて言った。

「まァ、そんなところで……」

弐平は曖昧《あいまい》に答えた。すぐに、弐平は島造が元蔵に話しに来たのは、捕物のことらしいと察知した。

「厄介《やっかい》な捕物らしいな。島造の話では、岡倉の旦那に縁のねえ御用聞きにも話して捕方を大勢集めるらしいぜ。……それで、おれんとこにも話がきたんだがな」

「あっしもそうでさァ」

弐平は口裏を合わせた。

——岡倉の指示だ！

弐平はすぐに察した。海賊橋のたもとで、集まった手先たちに捕方を集めるよう命じたにちがいない。それで、島造をはじめとする岡っ引きたちが、岡倉の指示を伝えるために散っていったのだ。

「厄介な下手人のようで」

弐平は元蔵から、捕物のことを訊き出そうと思った。岡倉が捕縛しようとしているのは、唐十郎たちではないかと気付いたのである。

「辻斬りだそうだが、剣術道場をひらいていた男らしいぜ」

「そりゃァ面倒だ」

まちがいない、唐十郎たちである。岡倉は辻斬りと称して、唐十郎たちを捕縛するつもりのようだ。弥次郎や助造も捕るつもりで、捕方を大勢集めたのであろう。おそらく、袖搦《そでがらみ》や突棒《つくぼう》などの長柄の捕具にくわえて、梯子《はしご》も用意されるとみていい。唐十郎たちがいかに剣術の遣い手とはいえ、そうした捕具で取り囲まれたら逃げようがなくなる。

——野晒の旦那に知らせねえと。

元蔵の話によると、捕物は明日らしかった。今夜中に、唐十郎たちを逃がさねばならない。

「今川町の、明日はよろしくお願いしやすぜ」

弐平は元蔵に首をすくめるように頭を下げた。早く、店から出たかった。

「おお、無理をして、お縄にしようなんて思わねえ方がいいぜ。怪我でもしちゃァ、元も子もねえからな」

「まったくで」

弐平は、それじゃァ、御免なすって、と言い残し、きびすを返した。

下駄屋を出ると、弐平は走り出した。陽は日本橋の家並の先に沈み、西の空には血を流したような残照がひろがっている。弐平は小走りになった。気持ちが急《せ》いている。

弐平が松永町の狩谷道場に着いたとき、辺りは夜陰につつまれていた。道場に灯はなかった。唐十郎は母屋《おもや》にいるらしい。

弐平が縁先にまわると、居間で話し声が聞こえた。唐十郎と若い男の声が聞こえた。助造であろう。

「旦那、旦那」

弐平は縁先に走り寄って声を上げた。声が震えている。深川から休みなく、歩きづめで来たため顔は疲労にゆがみ、膝が震えていた。

すぐに障子があき、唐十郎と助造が顔を出した。いや、ふたりの後ろにもうひとりいた。瀬崎である。三人で茶でも飲んでいたらしく、座敷に置かれた三人の湯飲みが見えた。

「どうした、弐平」

唐十郎が訊いた。

「旦那、捕方が来やすぜ!」

弐平が甲走った声を上げた。

「なに、いつだ」

「明日で」

弐平は島造を尾行し、元蔵から聞き出したことをかいつまんで唐十郎に話した。

「早いな」

唐十郎の顔がけわしくなった。助造と瀬崎の顔もこわばっている。

「今夜中に身を隠さねえと、捕られやすぜ」

弐平は、明日の朝から島造の手先が道場を見張るはずなので、明朝では間に合わないことを話した。

「分かった。弐平、助かったぞ」

唐十郎は、めずらしくいたわるような物言いをした。

「旦那のためだったら何でもすると、いつも言ってるでしょうが」

弐平は、顎《あご》を突き出すようにして言った。

「今度の件は、五両では安かったな」

「まァ、落ち着いたら、あらためて相談しやしょうよ」

弐平はそう言って、ニンマリした。自分でも、もうすこし出させる気でいたらしい。唐十郎のためでなく、金のためなら何でもすると言った方が当たっているだろう。

唐十郎はすぐに動いた。助造を弥次郎の許に走らせ、事情を話して道場へ連れてくることにした。唐十郎、助造、弥次郎の三人で、緑町の空屋敷に身を隠すのである。

「瀬崎、聞いたとおりだ。おまえも、しばらく藩邸へもどれ」

瀬崎も道場から離さねばならなかった。道場に残っていれば、岡倉が唐十郎たちの行き先を訊き出そうとするだろう。

「分かりました。今夜中に、上屋敷へもどります」

瀬崎がけわしい顔で言った。

第四章　逆襲

1

弐平は岡倉を尾けていた。岡倉は八丁堀の同心ふうではなく、黒羽織に袴で二刀を帯びていた。手先も連れていない。御家人か江戸勤番の藩士といった格好である。

一方、弐平は着物の裾を裾高に尻《しり》っ端《ぱしょ》折りし、手ぬぐいで頬《ほお》っかむりして顔を隠していた。

ここ数日、弐平は岡倉が巡視を終えて八丁堀の屋敷に帰るのを見計らって、通り沿いの灌木《かんぼく》の陰から屋敷を見張っていた。それというのも、岡倉が唐十郎たちを無理やり岩田屋の番頭と手代殺しの下手人に仕立てようとしている裏には、何者かの指示があるのではないかと読んだからである。

岡倉のやり方はあまりに強引だった。唐十郎たちを捕縛しようと、捕方たちを集めたのも岡倉の独断でやったらしいのだ。息のかかった岡っ引きに命じて捕方を掻《か》き集めたのも、他の同心や与力には話さず、自力でやろうとしたためである。岡倉のような利に聡《さと》い男が、金にもならないことを己の意思でそこまでやるはずはないのだ。

その日、捕方として集まった岡っ引きや下っ引きは二十人の余いたが、早朝狩谷道場と弥次郎の住居に所在を確かめにいった島造、仙助、平次郎の三人が、唐十郎たちが道場にも住居にもいない、と岡倉に報告し、すぐに取りやめになった。相手がいないことには、どうにもならないのである。

その後、弐平が元蔵や鎌倉河岸の勘助からそれとなく聞いたところによると、岡倉は、

「下手人の塒《ねぐら》が知れたら、また頼む」

と言って、集まった岡っ引きたちに一分ずつ配ったそうである。

「吝《しわ》い岡倉の旦那には、身を切るような思いの一分だったろうよ」

勘助はそう言って笑ったが、弐平はうなずいただけで笑えなかった。そこまでしても、岡倉は己の手で唐十郎たちを捕縛したいのである。

「岡倉の旦那は吝いのかい」

弐平は岡倉が金にこまかいことを知っていたが、何かあくどい金儲けでもしているのかと思い、水をむけてみた。

「ああ、金にならないと探索にも身が入らねえそうだぜ。……ちかごろ、妾《めかけ》を囲ったそうでな、金がかかるらしいや」

勘助が揶揄《やゆ》するように言った。

「妾をな」

八丁堀同心の俸禄は、三十俵二人扶持だった。まともにやれば、暮らしにさえ困る俸給である。妾など囲える身分ではない。

岡倉は町方同心として下手人を捕縛したいのではなく、金のためかもしれない、と弐平は思った。いずれにしろ、岡倉の捕縛の手は唐十郎たちだけでなく、いずれ弐平自身にも伸びてくるだろうと思い、身震いした。

――早えとこ、野晒の旦那に始末をつけてもらわねえとな。

そのためには、岡倉の背後にいる黒幕をつきとめなければならない。岡倉が事件の黒幕とつながっていることが分かれば、唐十郎も岡倉を始末する気になるだろう、弐平はそう思って、岡倉を尾けることにしたのである。

屋敷を出た岡倉は、亀島《かめじま》川沿いの通りへ出た。河岸通りを足早に南にむかっていく。

七ツ半(午後五時)ごろであろうか。陽は西の空にかたむき、河岸通りを淡い夕陽がつつんでいた。

岡倉は八丁堀川の河口にかかる稲荷橋を渡り、鉄砲洲《てっぽうず》へ出た。そこは本湊《ほんみなと》町である。左手に大川の川面がひろがり、石川島《いしかわじま》と佃島《つくだじま》が目の前に見えてきた。岡倉は大川端の道を川下にむかって歩いていく。

いっときして、岡倉は本湊町の料理屋に入った。二階建ての老舗《しにせ》らしい店である。弐平が店先に近付いて見ると、掛行灯に福田屋《ふくだや》と記してあった。

――さて、どうするか。

弐平は路傍に立ったまま迷ったが、店の近くで張り込むことにした。しばらく出て来ないだろうが、岡倉がひとりで飲みに来たとは思えなかったのである。うまくいけば、酒席の相手が分かるかもしれない。

弐平は通りの左右に目をやり、福田屋の斜向《はす》かいの大川の岸辺に石段があるのを目にした。その先にちいさな桟橋《さんばし》があり、三艘の猪牙舟《ちょきぶね》が舫《もや》ってあった。弐平はその石段を下りて通りから身を隠し、福田屋の店先を見張ることにした。

弐平が石段の隅に腰を下ろし、短い首をひねって店先に目をむけていると、一挺の駕籠が着いた。町人の乗るあんぽつ駕籠である。駕籠から出てきたのは、恰幅《かっぷく》のいい大店の主人らしい男だったが、後ろ姿でもあり、弐平にはだれなのか分からなかった。

弐平が格子戸から店に入っていく男を首を伸ばして見つめていると、ふいに背後で人の気配がし、肩をたたかれた。

ギョッ、として振り返ると、寅次がニヤニヤしながら立っている。

「親分、こんなところで、何をしてるんで」

「馬鹿野郎、でけえ声、出すな。おめえこそ、何だって、こんなところに出てきやがったんだ」

弐平が顔だけで怒り、声を殺して言った。

「いま、店に入《へえ》った駕籠を尾けて来たんでさァ」

寅次がすました顔で言った。

「するってえと、あの駕籠の主は大島屋の勘兵衛か」

弐平は、寅次に大島屋を見張らせていたのである。

「へい」

「そうか。岡倉の旦那は、勘兵衛と会うつもりだぜ」

弐平が、岡倉を尾けてここまで来たことを寅次に話した。

「親分、どうしやす」

「まァ、腰を下ろせ」

弐平は寅次の両肩に手を置いて、石段に腰を下ろさせた。

「しばらく、福田屋を見張ってみよう。岡倉の旦那と勘兵衛だけで飲むはずはねえ。

まだ、他にも来るはずだ」

　ふたりだけで会って話すなら、岡倉が巡視の途中にでも大島屋に立ち寄れば済むことだった。岡倉がわざわざ身装《みなり》を変えて出かけてきたのは、知られたくない相手と密会するからであろう。

　ふたりは交替で、福田屋の店先を見張った。辺りに夕闇が忍び寄ってくるころになると、ひとり、ふたりと連れ立って客が店に入っていった。商家の旦那《だんな》らしい男が多かったが、旗本や大名の家臣らしい武士の姿も見られた。ただ、どの客が岡倉たちと同席したか、弐平には分からなかった。

　見張りを始めて一刻（二時間）ほどすると、辺りは濃い夜陰につつまれてきた。すこし風が出てきたらしく、石垣に打ち寄せる大川の波音が、大勢の子供が騒いででもいるかのようにザワザワと聞こえてきた。

「今夜のところは、ここまでだな」

　弐平は、店から出てきた岡倉と勘兵衛を尾けてもそれぞれの住居に帰るだけだろうと思った。

「親分、腹がへっちまって」

　寅次が情けない声を出した。

腹がへっているのは、弐平も同じだった。それに、喉も渇《かわ》いていた。昼に売り物の茶飯をすこし口にしただけで、何も腹に入れてないのだ。

「おれも、同じだよ」

「茶飯でも食いやすか。まだ、飯も煮しめも残っていやすぜ」

寅次は、大島屋のそばの日本橋川沿いの草藪のなかに茶飯売りの一揃いを隠してきたと話した。

「茶飯は食い飽きたぜ。今夜は、うまいそばを肴《さかな》に一杯やろうじゃァねえか」

「亀屋に帰りやすか」

寅次が目を剝いて言った。

「いいや、今夜は別の店にしようぜ」

弐平は、まだ迂闊《うかつ》に亀屋には近付けないと思ったのである。

「へい」

寅次が勢いよく立ち上がった。

2

翌日、弐平は午後になってから、ふたたび本湊町に姿をあらわした。福田屋の女中か奉公人をつかまえて話を訊き、岡倉と勘兵衛が同席した相手はだれなのか聞き出そうと思ったのである。

弐平は福田屋の裏手にまわった。岡っ引きとして、表から入って話を訊くわけにはいかなかったのだ。

店の裏手には泥溝《どぶ》があった。その泥溝と細い路地を間にして、板塀でかこわれた裏店が軒をつらねている。弐平はその板塀の角に立って、福田屋の裏口から話の聞けそうな者が出て来るのを待った。

小半刻（三十分）ほどすると、棒縞《ぼうじま》の着物を尻っ端折りし、両脛をあらわにした若い男が出てきた。店の包丁人見習いか若い衆《し》であろう。はずむような足取りで、弐平の方へ近付いてくる。

「兄い、すまねえ。足をとめてくんねえ」

弐平は板塀の角から出て声をかけた。

「おれのことかい」

若い男は、足をとめて振り返った。

「へい」

「何の用だ」

男は弐平を見て、つっけんどんに言った。貉《むじな》のような顔の弐平が頬っかむりしているのを見て、どこの馬の骨だ、と言わんばかりの顔をしている。

「おれは、福田屋さんから出て来たのを、見かけやしたが」

「福田屋さんから出て来たのを、見かけやしたが」

男は顎を突き出すようにして言った。おそらく、包丁人見習いであろう。

「ちょいと、訊きてえことがありやしてね」

そう言うと、弐平はすばやく懐《ふところ》から巾着を取り出し、一朱銀をつまみ出した。

弐平にすれば、とんだ出費だった。胸の内で、この分も野晒の旦那にいただかねえとな、とつぶやきながら、男の手に握らせてやった。

「ヘッヘヘ……。すまねえなァ」

男の顔が途端にくずれた。男にとって、一朱は大変な実入りだったのである。

「あっしは、廻船問屋の大島屋で船頭をしてたことがありやしてね。たまたま、昨日、あるじの勘兵衛さんによく似た人が、店に入るのを見かけたもので」
　弐平は適当に言いつくろった。
「大島屋の旦那だよ。それで、何が訊きてえんだ」
　若い男は、足踏みしながら言った。せっかちな性分らしい。
「いっしょに来たのが、お侍だったものでね。いったい、だれか気になったんです
よ」
　岡倉はいっしょではなかったが、板場にいる男には分からないだろうと思って、そ
う訊いたのである。
「だれと訊かれてもな。昨夜の座敷は五人で、大島屋の旦那の他の四人は、みんなお
侍だよ」
「お侍が四人も」
　弐平は目を剝いて驚いて見せた。
「めずらしいことじゃァねえぜ。大島屋の旦那はお侍と座敷を持つことが多いんだ。
お大名とも商売してるらしいからな」
「いったい、どなたです」
　ひとりは岡倉だが、他の三人は分からなかった。

「板場にいるおれに、分かるはずはねえだろう」

男は、苛立《いらだ》ったような口調で言った。

「だれに訊けば、分かりやすかね」

弐平は食い下がった。一朱もはずんだのである。これだけの聞き込みでは、割りに合わない。

「酌についたおたきかな」

「おたきさんは、通いですかい」

「そうだよ。いつも八ッ（午後二時）ごろに、店に入《へえ》るぜ」

男はそれだけ言うと、とっつァん、急いでるんでな、と言い残して、小走りにその場から離れた。

弐平は離れて行く男の背を見ながら、

——波銭でたくさんだったな。

と、恨めしそうにつぶやいた。

それから、弐平は板塀の角にもどり、おたきらしい女があらわれるのを待った。小半刻（三十分）ほどすると、料理屋の女中らしい年増が、通りに姿を見せた。年増は下駄を鳴らして福田屋の方へ歩いていく。

弐平はおたきの年格好も容貌も訊いていなかったので、それらしい女に声をかけて確かめるよりなかった。

「おたきさんですかい」

弐平は通りへ出て、年増に声をかけた。

「そうだけど」

おたきは警戒するような目で弐平を見ると、蒼ざめた顔で後じさりし始めた。襲われるとでも思ったのかもしれない。うまく、おたきをつかまえられたが、話を聞けるような雰囲気ではなかった。

「すまねえ、脅かしちまってよ」

弐平は仕方なくまた巾着から一朱銀をつまみ出した。そして、店の若い包丁人から聞いたことを口にし、大島屋の勘兵衛さんに世話になった者だが、昨夜の宴席の様子を話してくれ、と頼んだ。

おたきは一朱銀を手にして顔をなごませたが、

「どうして、座敷の様子を訊くのよ」

と言って、腑に落ちないような顔をした。

「なに、お侍がいっしょだと聞いてな。ごろんぼう（ごろつき）の牢人にでも、脅されてるんじゃァねえかと思ってよ」

弐平は、以前、そうしたことがあったことを匂わせた。

「そんな心配いらないよ。四人とも、歴《れっき》としたお武家さまだから」

おたきが笑みを浮かべて言った。

「旗本かい」

弐平は水をむけた。

「お旗本じゃァないけど……。あたしも、くわしいことは知らないんだよ。よほど、内密の相談らしくてね、みんな、名と身分は隠して話してたから」

おたきによると、宴席ではお互いの名を呼ばず、必要なときだけ、北どの、南どのなど方位名を使っていたという。それに、おたきがいるときは、大事な話はいっさいせず、日本橋の賑わいや時候のことなどを話していたそうである。

——よほど、用心してたようだな。

と、弐平は思った。

ただ、料理屋でそこまで気を使っていたことからみても、他人には聞かせられない密談だったことが知れる。

「どうして、旗本じゃァねえと分かったんだい」

弐平がつっ込んで訊いた。

「厠《かわや》に立ったとき、廊下で立ち話をしてるのを小耳に挟んだんだよ。……そのとき、ひとりが、われらが滝川藩士であることは、伏せておかねばならないって口にしたのが、聞こえたのさ」

おたきが小声で言った。

「滝川藩士か……」

弐平の胸には、滝川藩士だろうという思いがあったので、すこしも驚かなかった。弐平が知りたいのは、滝川藩士のだれかということである。

そのことを、弐平は執拗《しつよう》に訊いたが、おたきは首を横に振るばかりだった。むしろ、宴席の話のなかにも、それと分かるような会話はなかったようだ。

ただ、これで、岡倉と滝川藩士がつながっていることは、はっきりした。

「あたし、もう行くよ」

おたきは執拗な弐平の問いに、不審を持ったらしく、逃げるようにその場を離れた。

——一筋縄じゃァいかねえぜ。

弐平は、離れて行くおたきの背を見ながらつぶやいた。

岩田屋の番頭と手代を殺した者たちは滝川藩の家臣、大島屋、同心の岡倉、岡っ引きの島造、とつながっているのである。

3

燭台の炎に、六人の男の顔が浮かび上がっていた。唐十郎、弥次郎、倉西、大河内、関口、瀬崎である。いずれの顔にも、濃い屈託の色があった。

愛宕下の滝川藩上屋敷に近い、林慶寺《りんけいじ》という寺の庫裏《くり》だった。林慶寺は倉西の妻女の菩提《ぼだい》寺で、倉西は住職と懇意《こんい》にしていたこともあって、唐十郎たちとの密談の場所に借りたのである。

唐十郎と弥次郎は、絹布の小袖に丸絎《まるぐけ》の帯、首に袈裟をかけていた。座した脇には尺八と天蓋《てんがい》が置いてあった。ふたりは虚無僧《こむそう》に変装して、林慶寺に来ていたのである。

狩谷道場から緑町の空屋敷に身を隠した唐十郎たちは、人目を避けるために虚無僧に身を変えて屋敷から出るようにしていた。咲の管理する緑町の空屋敷には、伊賀者の変装用に、虚無僧はむろんのこと雲水《うんすい》、職人、旅芸人などの変装装束がひととおりそろっていたのである。

大河内が溜池沿いの道で、小林たちの一団に襲撃されたときの様子を話した後、

「何人もの藩士が、討たれもうした」

倉西が苦悶の顔で言い添えた。

「林どのの傷は」

唐十郎が訊いた。

「幸い、命に別条はござらぬ。傷口さえふさがれば、剣をふるうこともできましょう」

倉西によると、林もこの寺に来ると言ったそうだが、体を動かすと傷口がひらく恐れがあったので上屋敷に残してきたという。

倉西たちが襲撃されて七日経っていたが、まだ林の傷はふさがっていないらしい。

「これで、小林たちが討手から逃れるために出奔したのではないことがはっきりしたな」

唐十郎が低い声で言った。

「いかさま。きゃつらが江戸に出てきた狙いは、嘉勝派にとって都合の悪い者たちの暗殺でござった」

倉西が憎悪に顔をしかめた。燭台の灯《ひ》に浮かび上がった皺の多い顔が、ひどく老いて見える。

「刺客か」

小林、一文字、馬崎は、嘉勝派が国許から江戸へ差し向けた刺客とみていい。

「討手どころか、討たれているのはわれらでござる」

大河内が無念そうに言った。

国許から江戸へ出た討手七人のうち、黒沢、小川、清川が斃《たお》され、頭格の林が手傷を負ったのである。まさに、敵刃の餌食《えじき》になっているのは、林たち討手の方である。

「ところで、嘉勝派の重臣のなかに、町奉行所の同心とかかわりのある者がいるかな」

唐十郎が、声をあらためて訊いた。唐十郎は弐平から話を聞き、嘉勝派の者が裏から岡倉を動かしているにちがいないと見ていたのである。

「町奉行所……。そのような話を、耳にした覚えはないが」

倉西が訝《いぶか》しそうな顔をして、脇にした大河内たちに目をむけた。

大河内たち三人は、すぐに首を横に振った。当然であろう。長年定府し、幕府の要人や他藩の留守居役とも接触して江戸の情報にくわしい倉西が知らないことを、出府したばかりの大河内たちが知るはずはない。

「滝川藩士に、まちがいないのだがな」

唐十郎は、弐平から聞いたことは話さなかった。もうすこし、相手がはっきりしてから知らせてもいいと思ったのだ。それに、岡倉と島造は、自分の手で始末をつけたいと考えていた。

「狩谷どの、なにゆえ、そのようなことを」

倉西が訊いた。

「われらは町方に追われていてな」

唐十郎はこれまでの経緯を話し、現在、別の屋敷に身を隠していることを言い添えた。当然のことだが、咲のことは口にしなかった。

「町方も、黒沢と小川、それに岩田屋の番頭と手代を殺したのが、狩谷どのたちでないことは分かっておろうにな」

倉西は腑に落ちないような顔をした。

「いずれにしろ、しばらく、町方から身を隠さねばならぬゆえ、われらへの連絡は瀬崎を通してくれ」

唐十郎は、瀬崎にだけは緑町の空屋敷のことを話してあった。

ふたりのやり取りを聞いていた瀬崎が、心得ました、と言って、うなずいた。

そこで話がとぎれ、座は重苦しい沈黙につつまれていたが、倉西が顔を上げ、

「いずれにしろ、早く手を打たねば、榊原たちの思う壺だな」

と、苦渋の顔で言った。

「榊原を捕らえて、腹を切らせたらどうだ」

唐十郎が言った。

「それは、できぬ。榊原が嘉勝さまに与《くみ》していることは分かっているが、小林たちとつながっている証《あかし》は何もないし、殿の許しもなく榊原を裁《さば》くことはできぬのだ。勝手に処断すれば、他の嘉勝派の重臣がここぞとばかり、わしらの独断を責め立てるであろう。そして、竹之助君のような若年の藩主をいただけば、重臣の専横をまねくことを強く主張するはずだ。そうなれば、かえって、竹之助君の世継ぎが遠のくことになろう」

倉西によると、藩主の貞盛は参勤を終えて国許に帰っており、嘉勝がそばにいることもあって説得は難しいという。

「われらは、まず、小林、一文字、馬崎の三人を討たねばなりませぬ」

大河内が身を乗り出すようにして言った。

すると、それまで黙って聞いていた弥次郎が、

「三人の潜伏先は、まだつかめないのか」

と、訊いた。

「まだです。それが、藩邸はむろんのこと、町宿の家臣の許にもいないようなのです」

関口が言い添えた。

「だが、榊原は知っているはずだ。それに、榊原の側近の者もな」

唐十郎は、榊原が小林たちと頻繁に連絡を取っているとみていた。当然、榊原自身が小林たちと密談することはまれであろうから、榊原の側近が小林たちと接触しているはずである。

唐十郎はそのことを話し、

「榊原に、それらしい側近はいないのか」

と、質《ただ》した。

「榊原の側近とも目されている男がふたりおる。先手組小頭《さきてぐみこがしら》の武藤重四郎《むとうじゅうしろう》と使番の朽木仁三郎《くちきじんざぶろう》だ。……それに、そこもとから聞いた勘定方の片桐文次郎《ぶんじろう》、江口定助《さだすけ》も動いているようでござる」

倉西が言った。

片桐と江口は、岩田屋の番頭と手代が殺される前に沖之屋で会った滝川藩士である。ふたりの名は唐十郎から林に伝えてあったのだ。倉西によると、片桐と江口は岩田屋の番頭たちと会ったことを認めないばかりか、何者かがわれらを陥《おとしい》れるために名を騙《かた》ったのであろう、とうそぶいているという。

なお、滝川藩の先手組は攻撃隊だが、普段は城門や屋敷内の守衛、江戸と国許との連絡などに当たっているという。使番は年寄や用人に属して使者役を務めている。

「武藤と朽木を尾行して、小林たちの隠れ家をつきとめられぬか」

唐十郎は、小林たちと接触しているのは武藤と朽木だろうと思った。

「われらも、武藤と朽木には目を配っておりますが、なかなか尻尾がつかめませぬ」

関口が無念そうな顔で言うと、

「ともかく、わしらで、小林たちの所在をつきとめねばならぬが」

倉西が苦渋に顔をしかめて言った。倉西たちも手詰まりのようだ。榊原たちは、よほど慎重に行動しているのであろう。弐平が、福田屋で大島屋勘兵衛と同席した武士たちは名も身分も口にしなかったと話していたが、それも慎重さのあらわれであろう。

「どうだな、小林たちをおびき出したら」

唐十郎が言った。

「おびき出すとは」

「また、倉西どのを小林たちに襲わせればいい」

唐十郎たちもくわわって、返り討ちにすることを言い添えた。

「しかし、小林たちも同じ手は使うまい」

「今度は、岩田屋の徳左衛門と会ったらどうかな」

榊原と大島屋は、倉西と徳左衛門の命を狙っているはずである。ふたりが密会するという情報を得れば、かならずどちらかの命を狙ってくるだろう。

「賭《かけ》でござるな」

「いや、これは策だ」

唐十郎が低い声で言った。

4

倉西と徳左衛門は、行徳河岸に近い日本橋堀江町の料理屋、吉崎屋《よしざきや》で会うことにした。

岩田屋から吉崎屋まで近いことが、吉崎屋に決めた理由である。

小林たち刺客が狙う相手が倉西か徳左衛門か、はっきりしないと迎え撃つ側の戦力を二分しなければならなくなる。

吉崎屋なら、小林たちも途中で徳左衛門を待ち伏せて狙うことはできない。小林たちが狙えるのは倉西だけになり、唐十郎たちは倉西に戦力を結集して迎え撃つことができるのだ。

その日、倉西は御留守居駕籠で愛宕下の上屋敷を出た。従者は大河内、関口、瀬崎、それに竹之助派の家臣のなかから腕に覚えの者が新たに四人選ばれた。林は、まだ刀をふるえるほど傷が癒えていなかったので、屋敷に残った。

唐十郎、弥次郎、助造の三人は、虚無僧や牢人体に身を変えて緑町の空屋敷を出た。屋敷を出る前に、咲が、

「助勢してもかまいませぬか」

と、唐十郎に訊いた。

咲にも、滝川藩の騒動が大きくならないうちに沈静させるには、まず小林たち刺客を始末する必要があるとの読みがあったのである。

「幕府の隠密が手出ししたのが、知れたらまずかろう」

こうした戦いに咲の力は絶大だが、伊賀者の頭としては手出しできないだろう、と唐十郎は思ったのだ。

「それと知れぬよう、動きます」

「されば、徳左衛門の警護をしてくれぬか」

唐十郎の胸の内には、徳左衛門も狙われるのではないかという一抹の懸念があった。吉崎屋から岩田屋まで近いが、小林たちが手を出さないとは言いきれないのだ。

「承知しました」

咲は、配下の伊賀者も使いましょう、と言い添えた。

唐十郎たち三人は、八ッ（午後二時）ごろ空屋敷を出て、吉崎屋のある堀江町にむかった。倉西と徳左衛門との酒席は、七ッ（午後四時）からということになっていた。小林たちが襲うとすれば、帰路である。倉西たちが、吉崎屋を出てからが勝負だった。

倉西と徳左衛門は暮れ六ッ（午後六時）前に吉崎屋を出て、それぞれの帰路についた。

倉西は駕籠だったが、徳左衛門は徒歩である。吉崎屋から岩田屋まで日本橋川沿いの道を行けば近いし、明るいうちに着けるので駕籠の必要はなかったのである。

倉西の一行は、日本橋川にかかる江戸橋を渡り、本材木町に入ってから右手にまがり、日本橋通りへ出た。すでに、暮れ六ツを過ぎ、通りは暮色に染まっていた。通り沿いの表店は店仕舞いしていたが、ちらほら人影があった。居残りで仕事をしていた職人や飲みにでも行くらしい男などが足早に行き過ぎていく。

駕籠の前に三人、後ろにふたり、左右にひとりずつ警護の藩士がついた。唐十郎、弥次郎、助造の三人は、駕籠から半町(約五十四メートル)ほど後ろにいた。敵に気付かれぬよう、三人はすこし間を置いて駕籠についていく。

一行は京橋を渡り、東海道を西にむかった。しだいに暮色が濃くなり、暗さを増した空に星が瞬《またた》いている。

唐十郎たちは足を速めて、すこし駕籠に近付いた。まだ明るさは残っていたが、街道の人影がまばらになり、襲撃してくる可能性が高まったからである。

倉西の乗る駕籠は新橋を渡って間もなく、右手にまがった。そこは愛宕下で、通りの左右には大名の上屋敷や下屋敷などがつづいている。さらに、駕籠は大名小路を横切り、滝川藩上屋敷のある愛宕下広小路へとむかった。

通りはすこし狭くなり、左右は旗本屋敷と大名屋敷の築地塀や長屋がつづいていた。通りは淡い夜陰につつまれ、人影もなくひっそりとしている。

「だれかいる！」

一行の先頭にいた大河内が声を上げた。

見ると、前方左手の築地塀の前に人影があった。四人。いずれも武士体で顔を覆面で隠していた。すでに、袴《はかま》の股立《ももだち》を取り両袖を襷《たすき》で絞っている。

四人は駕籠を目にすると、行く手をふさぐように通りのなかほどに走り出てきた。

「敵襲！」

大河内が声を上げた。

そのとき、駕籠の通り過ぎた後ろの細い路地から、新たな人影が通りへ走り出てきた。五人。やはり、武士体で黒覆面で顔を隠している。五人はばらばらと走り出て、後方から駕籠に迫っていく。

「出たぞ！」

唐十郎は走りざま、天蓋を路傍に捨てた。牢人体の弥次郎と助造も走った。

「駕籠を塀際に寄せろ！」

大河内が叫ぶと、陸尺たちは倉西の乗る駕籠を築地塀の際へ寄せて置いた。その駕籠を背にして、警護の七人が抜刀した。襲撃者たちから、駕籠の主を守らねばならない。

襲撃者は九人、駕籠の周囲に走り寄ると、次々に抜刀して切っ先を警護の七人にむけた。いずれも遣い手らしく、身構えに隙がない。

そこへ、唐十郎たち三人が駆け付けた。

「狩谷たちだ！　斬れ！」

中背の武士が叫んだ。小林八十郎であろうか。その声で、三人の武士がきびすを返し、切っ先を唐十郎たちにむけた。

唐十郎は三人のなかに、巨漢の武士を目にし、その前に立った。首が太く、胸が厚い。腰がどっしりとして、一目で武芸で鍛《きた》えた体であることが知れた。

唐十郎は、馬崎新兵衛だろうと思った。馬崎は二の腕を負傷したと聞いていたが、傷は刀がふるえるほどに回復したらしい。

「馬崎か」

唐十郎が誰何《すいか》した。

「いかにも、うぬが狩谷唐十郎だな」

馬崎は名を隠さなかった。

頭巾の間から睨《にら》むように唐十郎を見すえた双眸が、猛虎のようにひかっている。全身に気勢が満ち、巨漢がさらに大きくなったように見えた。

「他人《ひと》は野晒とも呼ぶ」

唐十郎はつぶやくような声で言って、右手を祐広の柄に添えた。

「行くぞ、狩谷！」

叫びざま、馬崎は上段に構えた。

三尺はあろうかと思われる剛刀を高く構えた上段は、覆いかぶさってくるような迫力があった。

唐十郎は居合腰に沈め、抜刀体勢を取った。

5

唐十郎と馬崎の間合はおそよ三間。まだ、抜刀の間からは遠い。

馬崎は上段に構えたまま足裏を擦るようにして、ジリジリと間合をせばめてきた。

その巨軀とあいまって巨樹のような大きな構えである。上段は火の構えといわれる攻撃の構えだが、まさに激しい闘気と攻撃の気魄《きはく》が全身に満ちていた。

一方、唐十郎は気を鎮めて、抜刀の機をとらえようとしていた。

――稲妻《いなずま》を遣う。

小宮山流居合、奥伝三勢に稲妻と呼ばれる技がある。

稲妻は上段から間合に入った敵の胴へ、抜きつけの一刀を横一文字に払う技である。

ただ、片手斬りのため切っ先が伸び、遠間から仕掛けられるのだ。

ただ、唐十郎は稲妻で馬崎を仕留められるとは思わなかった。馬崎が唐十郎の稲妻をどうかわすか。

――二の太刀が勝負だ。

と、唐十郎は読んでいた。

ふたりの間合はしだいにせばまり、稲妻を放つ間境へせまってきた。

馬崎の全身から痺《しび》れるような剣気が放射され、斬撃の気が高まってきた。唐十郎は身動ぎもしない。時のとまったような緊張がふたりをつつんでいる。

先に仕掛けたのは唐十郎だった。

馬崎が上段から斬り込む間合に迫ると、フッと唐十郎の右の肩先が沈み、抜刀の気が疾《はし》った。

イヤアッ！

裂帛の気合を発し、唐十郎が抜きつけた。

腰元から閃光が疾《はし》り、切っ先が馬崎の腹部へ伸びる。まさに、一瞬の稲妻のような一撃である。

瞬間、馬崎の体がつっ立った。唐十郎の抜刀は神速だった。その迅さに反応しきれなかったのである。

だが、唐十郎の切っ先は馬崎の腹部をかすめただけだった。唐十郎は、とどかないことを読んだ上で、遠間から捨て太刀として稲妻を放ったのだ。

タリヤァ！

次の瞬間、馬崎が鋭い気合とともに斬り込んできた。

上段から真っ向へ。

凄まじい斬撃だったが、とどかない。刃唸りとともに切っ先が唐十郎の鼻先をかすめて流れた。馬崎も唐十郎の遠間からの仕掛けに反応して斬り込んだため、斬撃の間境の外からの斬り込みになったのである。

馬崎の斬撃が流れた刹那、唐十郎が二の太刀を放った。横に払った刀身を大きく上段に振り上げざま、敵の頭上へ斬り下ろした。流れるような『波返《なみがえし》』の太刀捌《さば》きである。

波返は前後の敵に対する技で、正面の敵の脛《すね》に抜きつけの一刀を斬りつけて敵の出足をとめ、上段に振りかぶりざま身をひるがえして背後の敵の頭上へ斬り落とすのである。その刀身の流れが、引いては返す波に似ていることから波返と呼ばれているのだ。

唐十郎は、身を反転せずに波返の太刀捌きで二の太刀をふるったのである。にぶい骨音がし、馬崎の顔がゆがんだ。

次の瞬間、馬崎の頭蓋が割れ、血と脳漿《のうしょう》が飛び散った。一瞬、馬崎はその場につっ立ったが、柘榴《ざくろ》のように割れた頭部から血を散らせながら転倒した。

横たわった馬崎は動かなかった。呻き声も喘鳴《ぜんめい》も聞こえなかった。頭部から地面に血の流れ落ちる音だけがかすかに聞こえた。わずかに四肢が痙攣《けいれん》していたが即死である。

唐十郎は他の戦いに目を転じた。十七、八人の男たちが入り乱れて斬り合っていた。刀身をはじき合う音、気合、怒号、地を蹴る音などがひびき、男たちの姿が交錯している。

味方がやや優勢であろうか。唐十郎たち三人がくわわったことで、敵は動揺したようである。

弥次郎は小林と対峙していた。覆面で顔を隠していたが、特異な八相の構えで小林

と知れる。すでに、ふたりは一合したらしく、弥次郎は抜刀して脇構えをとってい
た。弥次郎の胸部が裂け、胸にかすかに血の色があった。深手ではないが、小林の鬼
疾風を浴びたのであろう。
　唐十郎は弥次郎のそばに走った。弥次郎が危ういと見たのである。
　小林は走り寄る唐十郎の姿を見て後じさった。
「小林八十郎、おれが相手だ」
　唐十郎は、すぐさま納刀した祐広の柄に右手を添えて居合腰に沈めた。
　小林は細い目に怒りの色を浮かべ、さらに後じさり、
「狩谷、勝負はあずけた」
　と、言い置いて反転した。
　小林は味方の男たちに、引け！　と叫び、走りだした。この場の戦いに利はないと
読んだのであろう。
　大河内たちと切っ先を向け合っていた数人の敵が次々に間合を取って反転すると、
小林の後を追って走りだした。
　戦いは終わった。襲撃した小林たちが、逃げ出したのである。路上に四人倒れてい
た。ふたりは絶命したらしく、どす黒い血海のなかに横たわったまま動かない。他の

ふたりは呻き声を上げて地面を這い逃れようとしていたが、ひとりは腹から臓腑を溢《あふ》れさせ、ひとりは全身血達磨《ちだるま》になっていた。一目で、助からないと分かった。

「とどめを刺してやれ」

駕籠から姿を見せた倉西が大河内たちに命じた。

すぐに、大河内と関口が呻き声を上げているふたりに歩を寄せて、背後から一太刀あびせた。

倒れている四人のなかに味方がひとりいた。室井《むろい》という藩士である。室井は敵のなかにいた一文字に斬られたという。

倒れている他のふたりの覆面を取ってみると、ひとりが朽木仁三郎であることが知れた。もうひとりも、嘉勝派の藩士だという。

味方で負傷した者が、弥次郎の他にふたりいたが、たいした傷ではなかった。弥次郎も胸の皮肉を浅く斬られただけの軽傷である。

「面目ない。小林の鬼疾風をかわしきれず、このような傷を負ってしまいました」

弥次郎は苦笑いを浮かべ、若先生が来てくれなかったら、いまごろ、首を落とされていたかもしれませぬ、と言い添えた。

そのとき助造が唐十郎のそばに走り寄り、

「お師匠、ひとり斃《たお》しました」

昂《たかぶ》った声で言った。顔が返り血に赭黒く染まっている。倒れているひとりは、助造が斬ったようだ。

「腕を上げたな」

唐十郎が小声で言った。

そこへ、倉西と大河内が近寄ってきて、

「狩谷どのに討っていただいた男が、馬崎でござる」

と大河内が言うと、倉西が、

「さすが、狩谷どのでござる。これで、小林たちも迂闊《うかつ》に手は出せまい」

と言って、満足そうな顔をした。

倉西の指示で、三人の藩士が上屋敷に走った。しばらくすると、十数人の藩士と中間《ちゅうげん》が戸板を持って駆け付け、路上に倒れている四人の藩士を屋敷へ運んだ。その場に、死体を放置しておくわけにはいかなかったのである。

6

唐十郎たちが小林たちと交戦する半刻（一時間）ほど前、咲とふたりの伊賀者は徳左衛門を警護していた。

徳左衛門はふたりの手代を連れて吉崎屋を出ると、日本橋川沿いの道を行徳河岸にむかった。陽は家並のむこうに沈んでいたが、西の空には残照があり、通りにはぽつぽつと人影があった。

咲は町娘の格好をして、徳左衛門のすぐ後ろを歩いていた。敵も味方も、咲のことは知らなかったし、まさか町娘が徳左衛門の警護をしているとは思ってもみないだろう。その咲から、十間ほど後ろに、島根《しまね》三蔵《さんぞう》と岸和田《きしわだ》柳介《りゅうすけ》という伊賀者がいた。手ぬぐいで頬っかむりし、黒の半纏に丼《どんぶり》（腹掛けの前かくし）という大工のような格好をしていた。頬っかむりは、武家ふうの髷《まげ》を隠すためである。

徳左衛門たち三人が鎧《よろい》ノ渡《わたし》と呼ばれる日本橋川の渡し場を過ぎたとき、前方から深編み笠で顔を隠した武士がふたり、近付いてきた。ふたりは肩を並べて、足早に徳左衛門に迫ってくる。

——あのふたり、徳左衛門を襲うつもりだ。

と、咲は察知した。ふたり揃って深編み笠で顔を隠しているのも不自然だし、ふたりの歩く姿に緊張感があったのだ。

咲は右手で後ろのふたりに、間をつめろ、と合図を送った。ふたりの伊賀者も前方から来るふたりの武士を目にとめているはずで、すぐに状況は察知するだろう。合図を送るとすぐ、咲自身も徳左衛門に身を寄せた。帯にはさんでおいた苦無《くない》を右手に握り、たもとに隠している。

前方から来る武士のひとりが、左手を鍔《つば》元に添えて鯉口を切った。長身で、腰が据わっていた。遣い手らしい。

徳左衛門と武士との間は三間の余。徳左衛門も前方から迫ってくるふたりの武士にただならぬ気配を感じたのか、ふたりを避けようとして路傍へ逃れた。

スッと、咲が徳左衛門の背後に身を寄せた。背後の伊賀者も疾走してくる。

と、長身の武士が、いきなり抜刀した。もうひとりの中背の武士も、徳左衛門の脇へまわり込んできた。逃げ道をふさぐつもりらしい。

「な、なにを、なさいます！」

徳左衛門が、喉のつまったような声を上げた。

長身の武士が無言のまま徳左衛門に迫り、刀身を振り上げた。

間髪を入れず、咲が徳左衛門の脇から前に踏み込み、武士の斬撃を苦無で受け流した。刀身をはじかれた武士は体勢をくずし、たたらを踏むように泳いだ。

「お、女、何をする!」

もうひとりの中背の武士が、驚愕《きようがく》に目を剝《む》いて叫んだ。

咲の姿は目に入っていたはずだが、まさか、町娘がそのような動きをするとは思ってもみなかったのだろう。

「女だとて、容赦せぬぞ」

中背の武士が気を取り直して、切っ先を咲にむけようとしたところへ、島根と岸和田が疾走してきた。

ふたりは足が迅《はや》い。黒い二匹の野犬を思わせるような走りである。ふたりは、ふところに忍ばせていた短刀を手にしていた。その切っ先が残照を映して、獣《けもの》の牙《きば》のようににぶくひかっている。

「何やつだ!」

長身の武士が声を上げ、迫り来る伊賀者ふたりに切っ先をむけようとした。

そのとき、島根は武士の眼前に迫っていた。身をかがめるようにして、短刀を構えている。

「おのれ！」

叫びざま、長身の武士が島根にむかって斬り下ろした。

だが、一瞬迅く島根は武士の脇をすり抜け、短刀で脇腹を抉《えぐ》っていた。

長身の武士は呻き声を上げ、左手で脇腹を押さえてよろめいた。見る間に腹部が血に染まっていく。ただ、それほどの深手ではないらしい。武士は倒れずに、腹を押さえたまま立っていた。

もうひとり中背の武士には、岸和田が正面から迫っていた。

「うぬら、何者だ！」

誰何《すいか》しざま、中背の武士が岸和田に斬りつけた。

その切っ先を、岸和田は短刀で払い、武士の体が力余って泳ぐところを脇へ跳びざま斬り上げた。

岸和田の切っ先が、武士の右の二の腕を深く抉り、血が噴いた。武士は体勢をたてなおして、ふたたび切っ先を岸和田にむけたが、刀身が笑うように震えている。激しい興奮と右腕の深手で、思うように構えられないらしい。

「ひ、引け！」

長身の武士が、ひき攣《つ》ったような声を上げて反転した。もうひとりの中背の武士も、右手から血を流しながらその場から逃げた。

左手で腹を押さえたまま小走りに逃げていく。

徳左衛門とふたりの手代は路傍につっ立ったまま、蒼ざめた顔でことの成り行きに目を奪われていた。

咲たちは、ふたりの武士を追わなかった。徳左衛門を、嘉勝派の者の手から守ればよかったのである。咲たちは、すぐに手にした武器をたもとやふところにしまい、何事もなかったように歩き出した。

「も、もし」

徳左衛門が慌てて声をかけた。

「どなたさまで、ございましょうか。……お助けいただき、なんとお礼を申していいのか」

そこまで言って、徳左衛門は語尾を呑んだ。

咲とふたりの伊賀者は徳左衛門の声に、さらに足を速めただけで振り返りもしなかったのである。

徳左衛門たち三人は呆然《ぼうぜん》として、咲たちの後ろ姿を見送っていた。淡い暮色のなかへ、三人の姿が溶けるように消えていく。

7

唐十郎が障子をあけると、縁先に、弐平が夕陽を背にして立っていた。顔が陰になって、太い眉とぎょろりとした目だけが妙に目だつ。弐平の短軀で腹の出た姿とあいまって、まさに大狸《おおだぬき》のようである。

この日、唐十郎は緑町の空屋敷にいた。小林たちと戦った三日後である。居間にいた唐十郎に、

「唐十郎さま、弐平さんが来てます」

と、咲が伝えた。

「庭にまわしてくれ」

唐十郎が頼み、弐平と顔を合わせたのである。

「どうした、弐平」

わざわざ、空屋敷まで訪ねてきたからには、何か唐十郎に報《し》らせたいことがあってのことであろう。

「旦那に、ちょいと話がありやしてね」

弐平は口元にうす笑いを浮かべて近寄ってきた。どうやら、探索の結果を報らせに来ただけではないらしい。

「何の話だ」

「今度の事件だが、あっしの手に負えるような相手じゃァねえんで」

弐平は声をひそめて言い、怯《おび》えたように首をすくめて見せた。何か魂胆《こんたん》がありそうである。

「その相手は」

唐十郎が訊いた。

「このままじゃァ、あっしの首があぶねえ。盗人《ぬすっと》や辻斬り相手とはわけがちがうんで」

なおも、弐平が言った。

「もってまわったような言い方だが、おまえのいう相手はだれなんだ」

唐十郎は先をうながした。

「それに、五両分の仕事は、とうにやっちまったし……。そろそろ手を引かせてもらいてえと思いやしてね」

そう言って、弐平は心底を覗《のぞ》くような目をして唐十郎を見た。

唐十郎は、弐平が言い渋っているのは、さらに金を出させようという魂胆があってのことだと察知した。

「手を引きたいだと」

「へい、命を落としちまっちゃァ、酒も飲めねえし、女も抱けねえからね」

弐平は、上目遣いに唐十郎を見ながら言った。

「もっともだな。おれもな、今度ばかりは五両では安いと思っていたのだ」

唐十郎がそう言うと、弐平はニンマリとして、

「旦那、これで、どうです」

弐平が唐十郎の鼻先に両手をひらいた。あと、十両出せ、と要求しているのである。

「出してもいいが、相手の名を聞いてからだな」

「ようがす」

「それで、だれなんだ」

「島造、それに、岡倉の旦那でさァ」

「うむ……」

そんなことではないかと思っていた。島造と岡倉が、唐十郎たちに捕方を差し向けたと聞いたときから、岡倉が敵であることは分かっていたのだ。

唐十郎が渋い顔をして黙っていると、

「その岡倉の旦那が、眠り首とどう繋がっているか。旦那は、それが訊きたくはねえんですかい」

弐平が、もったいぶった口調で言った。

「分かった。十両、出そう」

唐十郎は、端《はな》からそのつもりだったのだ。唐十郎は、弐平と寅次が亀屋に住めなくなり、義兄の許に身を寄せて探索していることを知っていたので、余分に十両ほど出してもいいと思っていたのである。

「さすが、旦那だ。分かりが早え」

「いいから、話せ」

「岡倉の旦那に金を出しているのが大島屋で、その大島屋とつながっているのが、滝川藩の重臣でさァ」

弐平は、まだ大島屋から岡倉に金が渡っていることは確認してなかったが、岡倉が大島屋の意を受けて動くのは、金だろうと読んでいたのである。

「そうか」

唐十郎は驚かなかった。唐十郎にも、岡倉と滝川藩の嘉勝派の者が繋がっているという推測はあったのである。大島屋が岡倉と嘉勝派の者を結びつけたのであろう。

「やつらが密会してたのは、本湊町の福田屋でさァ」

弐平が、福田屋を探ったことを言い添えた。

「料理屋か」

「へい」

「ところで、弐平、おまえも島造と岡倉をこのままにしておくことはできまい」

唐十郎が、声をあらためて訊いた。

「へえ、あっしもふたりに睨まれていやすからね。このままじゃァ、亀屋にももどれねえし、お松をかわいがってやることもできねえ」

弐平が戸惑うように顔をしかめた。

「滝川藩のけりがついても、岡倉がいる以上、おまえは亀屋にはもどれないだろうな。岡倉はおまえに、あらぬ罪を着せて始末しようとするぞ」

事件は終わっても、岡倉は己の悪業を探った弐平を放置しないだろう。

「あっしは、どうすりゃァいいんで……」

弐平が急に顔をゆがめて、情けない声を出した。

「手はひとつだ」

「ひとつと、言いやすと」

弐平が目をひからせて訊いた。

「岡倉と島造を斬るのだ」

「で、ですが、旦那……」

さすがに、弐平の顔がこわばった。島造はともかく、岡倉は奉行所の同心である。捕らえられれば、南北の奉行所が総力を上げて下手人の探索に乗り出すだろう。岡倉を斬れば、獄門晒首《さらしくび》はまぬがれられない。

「手はある。弐平、耳を貸せ」

唐十郎が、弐平の耳元で何やらささやいた。

「そいつは、いいや」

弐平がニヤリとした。

第五章　同心斬り

1

晴天だった。初夏の陽射しは強かったが、さわやかな川風が吹いている。竪川《たてかわ》沿いの通りは、いつもより人出が多かった。陽気のせいであろうか。町娘や子供たちの姿も目についた。

唐十郎は虚無僧の装束で緑町の空屋敷を出ると、竪川沿いの道を大川にむかって歩いた。これから弐平とともに、日本橋の堀江町にむかうのである。

竪川にかかる一ッ目橋のたもとに、茶飯売りが出ていた。ずんぐりした体軀の男が、飯櫃《めしびつ》や茶碗などの入った竹籠を膝先に置いて川岸に腰を下ろしている。手ぬぐいで頰っかむりしていて顔は見えなかったが弐平である。

唐十郎が弐平の前に立つと、

「旦那、茶飯にしやすかい。それとも、すぐに行きやすか」

弐平が顔を上げて訊いた。弐平は、唐十郎が来るのを待っていたのである。

「すぐに行こう」

弐平が商っている茶飯を食う気にはなれなかった。そばとちがって、何を食わされるか分からない。

「それじゃァ、行きやすか」

弐平は、天秤《てんびん》に竹籠の紐《ひも》をかけて担ぎ上げた。

そうやって茶飯売りの荷を担いでいる姿は、なかなか様になっていた。だれも、岡っ引きが茶飯売りに化けているとは思わないだろう。

唐十郎は、弐平から五、六間離れて歩いた。茶飯売りと虚無僧の組み合わせは、人目を引くからである。

弐平は大川沿いを川下へむかい、新大橋を渡って日本橋へ出た。行徳河岸を通り、岩田屋を横目に見ながら日本橋川沿いの道を堀江町にむかった。途中、大島屋の店先も通ったが、足をとめなかった。大島屋は繁盛している廻船問屋の大店らしく、船荷を扱う男たちの威勢《いせい》のいい声が店内から聞こえていた。

弐平は堀江町に入ると掘割沿いの道を歩き、親父橋のたもとで足をとめた。そして、岸辺ちかくに担いできた荷を置いて腰を下ろした。小菊屋の店先を見張っていたときの場所である。

唐十郎が、茶飯でも買うふりをして弐平の前に立つと、

「旦那、あれが小菊屋でさァ」

弐平が、それとなく橋の向こう側を指差した。

なるほど、料理屋らしい小体な店がある。店はひらいているらしく、戸口に暖簾《のれん》が出ていた。

「そろそろかな」

唐十郎は天蓋を取って、陽の位置を確かめた。八ツ半（午後三時）ごろであろうか。陽は西の空にまわっている。

ここ数日、弐平はこの場で小菊屋を見張り、八ツ半ごろになると、島造が店を出て八丁堀にむかうことをつかんでいた。島造は岡倉が八丁堀の組屋敷に帰る途中で待ち合わせ、岡倉から指示を受けたり、探索の報告をしたりしているらしいのだ。

「旦那、先に行って、荒布《あらめ》橋のたもとで待っててくだせえ。ここにいちゃァ目立っていけねえ」

弐平が言った。

荒布橋は別の掘割にかかる橋だが、小菊屋から八丁堀への道筋にある橋である。荒布橋の由来は、橋のたもとで荒布や若布《わかめ》などを売っていたからだという。

「分かった」

唐十郎も、この場で待つのは目立ち過ぎると思った。

唐十郎はひとり、荒布橋へむかった。荒布橋は米河岸のある掘割にかかる橋で、米問屋の奉公人や船頭、米俵を運ぶ人足などが大勢行き交っていた。唐十郎は堀際の柳の陰に身を隠すように立った。

小半刻（三十分）ほどすると、島造が姿を見せた。下っ引きをひとり連れている。平次郎か仙助であろう。ふたりの半町ほど後ろに、弐平の姿があった。茶飯売りの荷は置いてきたらしく、手ぶらだった。通行人の陰や表店の軒下などに身を隠しながら、島造たちの跡を尾けてくる。

唐十郎は島造たちをやり過ごし、弐平が来るのを待って歩を寄せた。

「旦那、すこし間を取りやしょう」

弐平はそう言って、島造たちとの距離を取った。行き先は分かっているので、間を取っても見失うことはないのであろう。

「いっしょにいるのが、平次郎で」

弐平が小声で言った。

「そうか」

「ふたり、やりやすかい」

「仕方あるまい」

可哀そうだが、平次郎を逃がすわけにはいかなかった。唐十郎たちの仕業だと、町方に知られたくなかったからである。

「やるのは、帰りになりやすかね」

弐平が西の空にまわった陽に目をやりながら言った。明るいうちに仕掛けるのは、無理だと思っているようだ。

唐十郎も、仕掛けるのは陽が沈んでからだとみていた。暮れ六ッ（午後六時）を過ぎないと、通りを行き交う人の姿が途絶えず、人目を避けて島造を捕らえるのはむずかしいようだ。

先に行く島造と平次郎が、江戸橋のたもとで立ちどまった。その場で、岡倉が巡視を終えて通りかかるのを待ち、八丁堀の屋敷まで従いながら話をするのであろう。

いっときすると、岡倉が姿をあらわした。挟箱を担いだ小者と岡っ引きらしい男をひとり従えている。

すぐに、島造たちが走り寄り、岡倉と何か言葉を交わしながら江戸橋を渡り始めた。岡倉は八丁堀の屋敷へ帰るのであろう。

「旦那、先に行きやすぜ」

弐平が岡倉たちの跡を尾け始めた。

唐十郎は弐平から半町ほども距離を取って、弐平の後についた。どうせ、しばらくは手が出せないのである。

岡倉たちは江戸橋を渡り、本材木町から八丁堀へとむかった。島造は岡倉のすぐ後ろに跟《つ》き、何やら話しているふうにも見えたが、遠方のためはっきりしなかった。

八丁堀へ入ってしばらく歩いてから、岡倉は板塀でかこまれた屋敷の木戸門からなかへ入っていった。岡倉の屋敷らしい。従っていた島造と平次郎、それに小者は岡倉の後につづいて屋敷内に入ったが、岡っ引きのひとりは門前で岡倉を見送り、きびすを返してもどっていった。

「旦那、島造と平次郎も、屋敷へ入《へえ》りやしたぜ」

弐平は唐十郎が追いつくのを待って、小声で言った。

「何か、内密に話したいことがあるのだろうよ」

「どうしやす」

「待つしかないな」

唐十郎は、そう長く待つことはないだろうと思った。

いっときすると、石町《こく》の暮れ六ッの鐘が鳴った。陽は家並の向こうに沈み、軒下や物陰に淡い夕闇が忍び寄っている。

「旦那、出て来やしたぜ」

弐平が声を殺して言った。

見ると、木戸門から島造と平次郎が出てきた。ふたりは、八丁堀の通りを日本橋の方へむかって歩いていく。

「旦那、どうしやす」

弐平が小声で訊いた。

「仕掛けるのは、八丁堀を出てからだ」

通りに人影はなかったが、通り沿いには町奉行所同心の組屋敷がつづいていた。しかも、ほとんどの同心は屋敷に帰っているはずである。島造たちを襲い、悲鳴でも上げられたら同心が飛び出してくるかもしれない。

「ふたりは、小菊屋に帰るはずですぜ。江戸橋を過ぎてからやりやすか」

「そうしよう」

唐十郎と弐平は、別の屋敷の板塀の陰から島造たちを見送り、ふたりの姿が半町ほど遠ざかると、まず弐平が通りへ出て跡を尾け始めた。弐平は、板塀や樹陰などに巧みに身を隠して尾けていく。

唐十郎は、弐平から十数間距離を取って後についた。

島造たちが江戸橋を渡り始めた。辺りの夕闇はさらに濃くなり、日本橋川沿いの表店は板戸をしめていた。人影もまばらである。

唐十郎は小走りになって、弐平に追いついた。

「弐平、親父橋の手前でやろう」

「へい」

「先まわりしてくれ」

路地の前後で挟み撃ちにしようというのだ。

すぐに、弐平が走り出した。細い路地をたどり、島造たちの前へ出るのである。

唐十郎も足を速めた。しだいに、島造たちとの間がつまってくる。

2

前方に、親父橋が見えてきた。濃い暮色が通りをつつみ、人影はなかった。通りの左右は表店が軒を並べていたが、どの店も店仕舞いしてひっそりとしている。

そのとき、島造が振り返った。背後から近付く虚無僧姿の唐十郎に気付いたようだが、逃げようとはしなかった。唐十郎とは思わなかったのだろう。ただ、不安を覚えたのか、何度も背後を振り返って見ている。

見ると、親父橋のたもとに人影があった。夕闇のなかにずんぐりした体軀が識別できた。弐平である。

唐十郎は小走りになった。ここで仕掛けようと思ったのである。

島造が振り返って、何か声を上げた。異変を感じ取ったのか、島造と平次郎が小走りになって逃げ出した。前方の弐平が、橋のたもとからゆっくりと近付いてくる。

「弐平だ！」

島造が声を上げた。

唐十郎は疾走した。見る間に島造たちとの距離がせばまってくる。走りざま唐十郎は祐広の鯉口を切り、右手を柄に添えた。

「お、襲う気だ！」

島造が叫び声を上げ、前へ逃げようとした。

「逃がさねえぜ」

弐平が両手をひろげて立ちふさがった。右手に十手を握りしめている。

唐十郎は一気に島造の背後に迫った。

――『虎足《こそく》』を遣う。

小宮山流居合中伝十勢の技のひとつ、虎足である。

虎足は、猛虎のような鋭い寄り身で敵の正面に踏み込み、遠間から敵の鍔元へ抜きつける技である。ただ、島造は背を見せて逃げていたので、唐十郎は虎足の寄り身で背後に迫り、抜きつけの一刀を峰に返して腹部を打つつもりだった。

「た、助けて！」

島造が背後から猛進する唐十郎に気付いて、悲鳴のような声を上げた。

唐十郎は島造の背後に迫ると、走りざま抜きつけた。

シャッ、という刀身の鞘走る音とともに閃光が疾った、次の瞬間、肌を打つにぶい音がし、島造の上体が横にかしいだ。

峰に返した唐十郎の刀身が、島造の脇腹を強打したのだ。島造はよろめき、足をとめてつっ立つと、両膝を地面についてうずくまった。島造は脇腹を押さえて、喉のつまったような呻き声を洩らしている。

平次郎は、悲鳴を上げて逃げた。その前に弐平が立ちふさがる。

「逃がさねえぜ」

弐平が踏み込みざま、十手を平次郎の肩口へたたきつけた。

ギャッ！　と絶叫を上げて、平次郎がのけ反った。だが、平次郎は足をとめなかった。狂乱したように喚きながら逃げようとした。

そこへ、唐十郎が身を寄せ、一颯《いっさつ》をみまった。

ドスッ、というにぶい音がし、平次郎の上体が前にかしぎ、そのまま数歩よろめいて頭からつっ込むように前に倒れた。唐十郎の峰打ちが脇腹へ入ったのである。

唐十郎と弐平は、島造と平次郎の襟首をつかんで立たせると、引きずるようにして掘割の土手際に群生している葦《あし》の陰にふたりを連れていった。

すでに辺りは濃い暮色につつまれ、頭上には星が瞬《またた》いていた。掘割沿いの家からかすかに灯《ひ》が洩れていたが、通りに人影はなかった。静かな宵《よい》である。掘割のさざ波の汀《みぎわ》に寄せる音が、さらさらと篠の葉でも振っているように聞こえてくる。

島造と平次郎は葦のなかに屈み、苦悶に顔をゆがめて低い唸《うな》り声を洩らしていた。

「島造、訊きたいことがある」

唐十郎が、切っ先を島造の鼻先にむけた。

「おれに手を出せば、岡倉の旦那が黙っちゃァいませんぜ」

島造が唐十郎と弐平を睨むように見上げて、声を荒立てた。その顔に、苦痛と憎悪が張り付いている。

「訊きたいのは、岡倉のことだ」

唐十郎は、切っ先を島造の鼻先につけた。

「よ、よせ！」

島造の顔がこわばり、恐怖の色が浮いた。

「岡倉は大島屋の勘兵衛に頼まれて、おれや弥次郎を岩田屋の番頭と手代を殺した下手人にしようとしたのだな」

「し、知らねえ。おれが知ってるのは、おめえたちが、岩田屋の番頭と手代を殺したことだけだ」

島造の顔は恐怖にゆがんでいたが、まだ唐十郎に抗《あらが》う気があるらしい。

「しゃべる気には、なれぬか」

唐十郎は抑揚のない声で言うと、切っ先を島造の首筋に当てて刀身を引いた。

ヒッ、という悲鳴を上げ、島造は首を伸ばしたまま凍り付いたように固まった。目を剝いて、息を呑んでいる。

島造の首筋から、たらたらと血が滴り落ちた。切っ先が皮肉を薄く裂いたのである。

「おまえがしゃべらなければ、この場で首を落とす」

唐十郎の声は、低く抑揚がなかった。それが、かえって不気味で、冷酷さを感じさせた。

「おれは、何も知らねえんだ」

島造は血の気のない顔で、まだ白《しら》を切った。

唐十郎はふたたび刀身を首筋に当て、首を引き斬る気配を見せた。

「き、斬るな！」

島造が声を震わせて言った。

「もう一度訊く。岡倉は勘兵衛に頼まれたのだな」

「そ、そうだ」

島造はがっくりと肩を落とした。やっと、話す気になったらしい。

「金か」

「岡倉の旦那のふところには、百両ちかくの金が入ったはずだ」

島造が小声で言った、その一部が、島造にも流れたのだろうが、そのことは口にしなかった。

「勘兵衛は岩田屋から滝川藩の蔵元の座を奪い取り、それを足掛かりにして商いをひろげて、岩田屋に取って代わるつもりであろう」

そのために、滝川藩の嘉勝派と結び付き、出府した刺客を利用して岩田屋の番頭と手代を殺したのだ。むろん、ふたりの殺しは手始めで、つづいて主人の徳左衛門を狙ったのである。

「勘兵衛はこれまでもあくどいことをして、のし上がってきたんだ。てめえの腹を肥やすためなら何でもやる」

島造が吐き捨てるように言った。こうなったら、何でも話してやる、という気になったのかもしれない。

「勘兵衛は己の悪業を隠すために、岡倉を手懐《てなず》けておいたのだな」

「岡倉の旦那は、金が欲しかったんでさァ」

島造の口元に嘲笑が浮いた。

「岡倉は八丁堀同心の立場を利用して、おれたちを下手人にしたてたわけか」

勘兵衛と岡倉は自分たちの身を守るためにも、岩田屋の番頭や手代を殺した下手人を別に仕立てる必要があったのだ。そこで、目を付けたのが、介錯人として不浄の剣をふるっている唐十郎と弥次郎である。

嘉勝派の刺客が首を刎ねて斬殺していたことからも、介錯人の唐十郎と弥次郎は下手人としてもってこいの男だったのであろう。しかも、唐十郎たちは敵対する竹之助一派なのだ。勘兵衛、岡倉、それに嘉勝派の者たちにとって、唐十郎たちほど下手人に仕立てるのにおあつらえむきの人物はいなかったにちがいない。

「眠り首は、おれたちを下手人に見せるための細工か」

さらに、唐十郎が訊いた。

「くわしいことは知らねえが、岡倉の旦那が言い出したことらしいや。首打ち人の仕業らしい跡があれば、都合がいいって言ってたぜ」

「やはり、そうか」

「おれは、岡倉の旦那に言われたとおり動いていただけなんだ」

島造が媚《こ》びるような目で唐十郎を見た。悪いのは岡倉や勘兵衛だから、おれは見逃してくれ、と言いたいらしい。

「岩田屋の番頭と手代を斬ったのは、滝川藩の家臣だな」

唐十郎は、あえて小林と一文字の名は出さなかった。

「名は知らねえが、腕の立つ男で、国許から呼ばれたらしいや」

「その男は、どこにひそんでいる」

唐十郎が訊いた。まだ、小林と一文字の隠れ家がつかめていないのだ。

「し、知らねえ。岡倉の旦那は知ってるはずだが、おれは聞いてねえんだ」

島造がむきになって言った。

傍らで地面に膝を突いている平次郎に目をやると、お、おれも知らねえ、と声を震わせて言った。唐十郎には、ふたりが嘘をついているようには見えなかった。

「ところで、勘兵衛とつながっている滝川藩士の名は」

唐十郎が声をあらためて訊いた。

「岡倉の旦那が、榊原さまと呼んでたのを聞いたことがあるが、おれは顔を見たこともねえ」

「そうか」

やはり、榊原が嘉勝派の首魁として勘兵衛や岡倉とつながっていたようである。

唐十郎が虚空に目をとめて黙考していると、島造が立ち上がり、

「おれの知ってることは、みんな話した。これで、帰らせていただきやすぜ」

と、首をすくめながら言い、唐十郎に顔をむけたまま後じさった。

それを見た平次郎も立ち上がり、そろそろと後ろへ下がった。まだ腹の痛みはあるらしいが、いくぶんやわらいだらしく顔に苦痛の表情はなかった。

いつの間にか、辺りは夜陰につつまれていた。東の空に月があり、淡い月光を投げている。

「島造」

ふいに、唐十郎が声をかけた。

「ヘッ!」

島造が短い悲鳴のような声を出して、その場につっ立った。平次郎も凍りついたように身を硬くしている。

「包み隠さず、話したようだ。礼をせねばなるまい」

そう言って、唐十郎が島造に一歩近付いた。

「旦那、礼だなんて、そんな」

島造が、顔をくずした瞬間だった。

唐十郎の腰が居合腰に沈み、腰元から刃光が疾《はし》った。神速の抜き打ちである。

一瞬、島造は恐怖に目を剝いたが、次の瞬間、その首が後ろにかしぎ、首根から血が夜陰のなかへ音をたてて奔騰した。

ヒイイッ、と平次郎が、喉の裂けるような悲鳴を上げ、反転しようとした。

すかさず、唐十郎が二の太刀をみまった。流れるような体捌きである。

にぶい骨音がし、平次郎の首が横に垂れ、首根から黒い驟雨《しゆうう》のように血飛沫が飛び散った。平次郎は血を撒きながら、腰からくずれるように倒れた。わずかに四肢が痙攣していたが、体は動かなかった。即死である。

すでに島造も倒れていて、ふたつ並んだ死体の首根から血の流れ落ちる音が夜陰のなかで物悲しく聞こえた。

「死骸《ほとけ》を眠らせてやろう」

唐十郎はつぶやくような声で言うと、島造と平次郎の死体のそばに近寄り、ふたりの目を閉じてやった。

「眠り首ですかい」

弐平が目を剝いて訊いた。

「岡倉が、この首を見たら肝《きも》を冷やすだろうよ」

唐十郎は、大川端で斬られた小川と同じように島造と平次郎の首を斬っていた。岡倉は、小林や一文字が斬ったとは思うまいが、疑念と恐怖を持つはずである。

「次は、その岡倉の番ですぜ」

弐平が目をひからせて言った。

3

唐十郎が島造と平次郎を始末した翌朝、岡倉は下っ引きの仙助に先導され、小者だけを連れて島造たちの殺された現場に駆け付けた。岡倉は、仙助から島造たちが殺されていることを知らされたようである。

まだ、現場付近には岡っ引きと下っ引きが四人しか集まっていなかった。野次馬も通りすがりの者が数人いるだけである。

岡倉はひどく慌てていた。何か喚きながら十手をふりまわし、葦を掻き分けてふたつの死体のそばへ近寄っていく。

この日、弐平と寅次は親父橋から二町ほども離れた草藪のなかから、岡倉たちの様子を見ていた。弐平たちは早朝から掘割の土手の草藪のなかに身をひそめ、駆け付けてくるであろう岡倉を待っていたのである。

岡倉の悲鳴のような叫び声が聞こえ、すこし間を置いてから離れた場所に立っている岡っ引きたちを呼ぶ声が聞こえた。

岡倉は集まった岡っ引きたちに何やら命じていた。ふたりの岡っ引きが通りへもどり、堀沿いの道を左右に分かれて走りだした。

「親分、あのふたり、どこへ行くんですかね」

寅次が小声で訊いた。

「手先を集めに走ったんだろうよ」

弐平の言ったとおりだった。

しばらくすると、ひとり、ふたりと岡っ引きと下っ引きたちが集まってきた。弐平の顔見知りも何人かいた。

岡倉は集まった岡っ引きたちに苛立ったような声を上げた。付近の聞き込みや捜索を命じたのであろう。岡っ引きたちは、すぐに周囲に散っていった。

「寅、引き上げるぞ」

弐平が立ち上がった。

この場に、居つづけるのは危険だった。通りかかった顔見知りが、弐平に気付くかもしれない。それに、これ以上この場にいて岡倉を見張る必要もなかったのだ。

弐平と寅次は通りへもどり、行き交う人に紛れて元鳥越町の義兄の家へむかった。

翌日から、弐平は茶飯売りだけでなく船頭や大工にも身を変えて、執拗に岡倉の跡を尾けまわした。一方、寅次は小網町の大島屋に張り付き、勘兵衛の動きを見張っていた。

岡倉は、島造と平次郎が殺されたことに強い衝撃を受けたようだった。次は自分が殺されるのではないかという恐怖を覚えたのであろう。遠目にも、岡倉の怯《おび》えている様子が見てとれたし、苛立って岡っ引きたちを怒鳴りつけることもしばしばだった。

それに、巡視も人通りの多い日中だけで、手先を自分のそばから離さなかった。

弐平は必死に岡倉の跡を尾けまわした。岡倉を討つ機をとらえるためと、唐十郎や自分にむけられるであろう探索の手を事前に察知するためである。自分たちが捕縛される前に、岡倉を始末しなければならないのだ。

弐平が岡倉を尾けるようになって数日すると、岡倉の手先の岡っ引きたちの様子が変わってきた。日に日に岡倉の巡視に従う者がすくなくなり、まともに探索している者が見られなくなったのだ。以前と変わりなく岡倉に従っているのは、下っ引きの仙助と京橋を縄張にしている又次ぐらいだった。島造と平次郎の眠り首の死体を見て、町方の雲行きが変わってきたようである。

——元蔵に訊いてみるか。

弐平は、元蔵に岡っ引きたちの動きを訊いてみようと思った。

今川町の元蔵は初めから岡倉をよく思っていなかったし、唐十郎たちの捕縛の話を聞いて捕方にはくわわったが、その後は岡倉と距離を置いていた。いまでも、岡倉がひそかに弐平の行方を追っていることは知らないはずである。

元蔵は今川町の下駄屋にいた。店先に顔を出した元蔵は弐平を見ると、

「どうしたい、その身装《なり》は」

と、驚いたような顔をして訊いた。

この日、弐平は半纏に黒の丼という大工のような格好で来ていた。

「ちょいと、岩田屋の番頭と手代殺しで探っていやして」

弐平は曖昧な物言いをした。

元蔵はそう言って、大川端を歩きだした。店先で話したくなかったのだろう。

「おめえ、まだ、あの事件にかかわってるのかい」

「あっしも、手を引きてえと思ってやすが、なかなか踏ん切りがつかねえ。……それで、親分は手を引きなすったんですかい」

弐平は、元蔵の考えを訊きに来たこと匂わせた。

「ああ……。おれだけじゃァねえぜ。諏訪《すわ》町の重八《しげはち》、鎌倉河岸の勘助、相生《あいおい》町の繁《しげ》松《まつ》、みんな、表向きは岡倉の旦那のてまえ、探っているような面《つら》はしてるが、手を引いちまってるのよ」

元蔵が名を挙げたのは、岡倉の手先として探索にくわわっていた岡っ引きたちである。

「そりゃァ、またどうして」

弐平が驚いたような顔をして訊いた。

「みんな、島造と平次郎の死骸《おろく》を拝んで腰が引けちまったんだろうが、それだけじゃァねえぜ」

「他にも、何かありますかい」

「下手人だよ。岡倉の旦那は、狩谷とかいう道場のあるじと門弟だと決めつけて、行方を追わせているがな。どうも、あやしい」

「あやしいと、言いやすと」

弐平は先をうながした。

「考えてみろ。先に、大川端で殺されていたふたりの侍の死に様は眠り首だ。……岩田屋の番頭と手代の死骸も眠り首。だれが見ても同じ下手人だろうが」

「そりゃァもう、まちげえねえ」

「大川端で殺られたふたりは、滝川藩の家臣だそうだ。岩田屋の番頭と手代は、柳橋の料理屋で滝川藩の家臣と商いの相談をした帰りに殺られている。四人とも、滝川藩にかかわってるじゃァねえか。……だれがみたって、下手人は滝川藩の家臣だと思うだろうよ」

「まったくで」

「それがよ、岡倉の旦那は辻斬りの仕業で、下手人が死骸の目をとじさせていることからみても、首打ちを生業にしている狩谷道場の者にまちげえねえと決め付けてるんだぜ」

「そいつは、おかしい」

弐平が相槌《あいづち》を打った。

「それに、辻斬りが岡っ引きと下っ引きを待ち伏せて斬るわけがねえだろう。島造と平次郎は、塒《ねぐら》にしてる小料理の近くで待ち伏せされたらしいんだぜ。……重八も勘助も、下手人は別人で、滝川藩とかかわりのある者にちげえねえと読んでるのさ。おれも、同じよ」

「親分の言うとおりだ」

弐平は内心、ほくそ笑んだ。

長年探索にかかわっている岡っ引きたちの目は、事件の核心を見ているのだ。おそらく、岡っ引きだけではないだろう。事件の内容を知っている他の八丁堀同心も、下手人は唐十郎たちではなく、滝川藩士と読むであろう。そうなれば、唐十郎たちに対する嫌疑が晴れ、同時に弐平が追われることもなくなるはずだ。

それだけではなかった。岡っ引きや八丁堀同心が探索から離れれば、岡倉は孤立し、町方を動かすこともできなくなるだろう。

「それにしても、なんで、岡倉の旦那は、下手人は狩谷道場の者と決め付けてるんでしょうね」

弐平が、もっともらしい顔をして訊いた。

「そのことだがな」

元蔵は小声になり、足をゆるめた。

「勘助から聞いた話だが、岡倉の旦那は小網町にある大島屋とつるんでるらしいんだな。その大島屋は、岩田屋に代わって滝川藩の蔵元に納まりてえ肚《はら》らしいのよ」

「するってえと、岩田屋の番頭と手代は、大島屋の差し金で殺られたのか。その下手人を隠すために、岡倉の旦那が狩谷道場の者に下手人を押しつけたわけだな」

弐平が驚いたような顔をして言った。

「そんな噂もあるが、だれにも確かなことは分からねえ」

「岡倉の旦那は、やることが汚ねえ」

弐平が顔をしかめて言った。

「だから、みんな、手を引いちまってるのよ」

「そういうことですかい」

「悪いこたァ言わねえ。おめえも、岡倉の旦那の言いなりにならねえ方が利口だぜ」

元蔵が親分面《おやぶんづら》して諭《さと》すような口調で言った。

「まったくで」

「それに、下手に動いて島造や平次郎のようになりたかァねえだろう」

「へえ」

弐平は殊勝な顔をして見せた。

「しばらく、動かねえで様子を見な」

「そうしやす。……いや、親分の話を聞いて踏ん切りがつきやした」

弐平は足をとめて頭を下げた。

「また、いつでも、話しに来るといいぜ」

元蔵は満足そうに胸を張り、たるんだ顎を指先で撫で始めた。

「親分、あっしは、これで」

弐平はそう言い置いて、元蔵のそばを離れた。

弐平の足取りは軽かった。岡倉が岡っ引きや八丁堀同心に疑いの目をむけられているのを知ったからである。

「野晒の旦那、あれが福田屋で」

弐平が、二階建ての料理屋らしい店を指差した。

4

この日、唐十郎は、弐平から岡倉が福田屋へむかったとの報《し》らせを受け、助造を連れて本湊町に来ていた。

弐平によると、ちかごろ岡倉は仲間の同心や岡っ引きたちから敬遠され、孤立しているという。焦《あせ》った岡倉は、小林たち刺客の手を借りて唐十郎たちを討とうとして、しきりに滝川藩士と接触しているそうである。

その密談の場所が、福田屋だった。

今日も、弐平は寅次とふたりで岡倉の巡視中から跡を尾け、岡倉が八丁堀の組屋敷にもどった後、御家人ふうに変装して福田屋の方へむかったのを見て、寅次を唐十郎の許に走らせたのだ。

それというのも、ちかごろ岡倉は滝川藩士や勘兵衛と福田屋で密会するとき、八丁堀同心の身装《みなり》ではなく、御家人ふうに身を変えて出かけていたのである。おそらく、岡倉は福田屋での密会を岡っ引きや八丁堀同心に知られたくなかったのだろう。

一方、唐十郎たちも、岡倉を討つ機会を逃さぬために陽が沈むころになると、八丁堀に近い岩田屋の離れに身を隠していた。

主人の徳左衛門は、唐十郎たちが離れにいてくれることを喜んでいた。徳左衛門にすれば、唐十郎たちは願ってもない用心棒だったのである。

寅次が岩田屋に報らせにきたとき、離れには唐十郎の他に助造と弥次郎もいたが、唐十郎は助造だけ同行してきた。三人で出かけるのは大袈裟だったし、万一に備えて弥次郎は岩田屋に置いてきたのである。

唐十郎たち四人は、福田屋が斜向《はす》かいに見える路傍の樹陰にいた。

福田屋のある通りは、淡い夜陰に染まっていた。二階にあるいくつかの座敷にはそれぞれ客がいるらしく、三味線の音や唄声、嬌声、哄笑などがさんざめくように聞こえ、華やいだ雰囲気につつまれていた。

「滝川藩からは、だれが来ているのだ」

唐十郎が訊いた。小林か一文字が来ていれば、跡を尾けて隠れ家をつきとめる手もあると踏んだのである。

「それが、分からねえんで」

弐平によると、これまでに旗本や藩の重臣らしい武士が店に数人入っていったが、滝川藩士かどうかも分からなかったという。

「いいだろう。今夜の狙いは、岡倉だからな」

唐十郎は、岡倉を始末する前に小林たちの隠れ家を吐かせようと思いなおした。

「そろそろ、出て来るころだがな」

弐平が店先に目をやったまま言った。

すでに、岡倉が店に入ってから一刻（二時間）以上経つという。

「焦ることはない」

幸い月夜である。夜が更けてからの方が人目につかずに始末できるので、かえって都合がいいだろう。

それから小半刻（三十分）ほどして、福田屋の店先の格子戸があき、女たちの声とともにいくつもの人影があらわれた。武士体の男が四人、それに女将らしい年増と女中と思われる女がふたり。店の女たちが、客の見送りにきたらしい。

「旦那、あの黒羽織が岡倉でさァ」

弐平が声を殺して言った。

なるほど岡倉だった。黒羽織に袴姿で、二刀を帯びていた。いっしょにいた三人のうちひとりが、頭巾で顔を隠していた。他のふたりも藩士らしい。

　玄関先で、四人の男は女たちと何か話していた。だれか冗談でも言ったらしく、女たちの笑い声が唐十郎たちのところまで聞こえてきた。

「ひとりは、小林だ」

　遠方で顔ははっきりしなかったが、中背でやや猫背の体軀に見覚えがあった。もうひとりは長身なので、一文字かも知れない。

「どうしやす、旦那」

　弐平が訊いた。弐平も跡を尾ける手もあると思ったようだ。

「今夜は、岡倉だけにしよう」

　小林と一文字のふたりとなると、尾行も容易ではない。弐平はともかく、寅次や助造には任せられない、と唐十郎は思った。

「それじゃァ、旦那、先に行って、稲荷橋のたもとで待っていてくだせえ」

　弐平によると、岡倉は八丁堀へ帰るために稲荷橋を渡るという。どうやら、島造を始末したときと同じように、稲荷橋のたもとで挟み撃ちにするつもりらしい。

「分かった」

　唐十郎は助造とともにその場を離れると、足早に稲荷橋へむかった。

稲荷橋は八丁堀川にかかる橋である。本湊町から八丁堀へ出るには、稲荷橋を渡るのが一番の近道だった。

しばらく歩くと、月光のなかに稲荷橋が黒く浮き上がったように見えてきた。橋付近に人影はなく、夜の帳《とばり》にひっそりとつつまれている。日中はかなりの人通りがあるが、さすがにこの時間になると人影は途絶えるようである。

唐十郎と助造は、橋のたもとちかくの路傍の樹陰に身を隠した。待つまでもなく、通りの先に人影があらわれた。夜陰のなかではっきりしないが、二刀を帯びた武士であることは識別できた。岡倉であろう。

人影は急ぎ足で橋に近付いてきた。月明りにぼんやりと浮かび上がった姿は、まちがいなく岡倉だった。

「お師匠、岡倉です」

助造が声を殺して言った。

「助造、念のため、やつの左手にまわってくれ」

右手は川である。背後は弐平がふさぐはずである。

助造は無言でうなずいた。いくぶん、顔が紅潮していたが、声は平静だった。こうした場にも、慣れてきたようである。

5

岡倉が唐十郎たちのそばに近付いてきた。そのとき、岡倉の後方にふたつの人影が見えた。弐平と寅次である。

唐十郎は樹陰から出ると、岡倉の前に走った。助造が、すばやく岡倉の左手にまわり込む。

一瞬、岡倉が凍りついたようにその場につっ立った。突然あらわれたふたつの人影に、恐怖を感じて立ち竦《すく》んだらしい。

それでも、岡倉はすぐに気を取り直したらしく、

「何者だ！」

と、甲走《かんばし》った声で誰何した。

「おまえが、探している男だよ」

唐十郎は岡倉の前に立ちふさがった。背後から弐平と寅次が走り寄り、岡倉の逃げ場をふさぐ。

「か、狩谷！」

岡倉の頤《おとがい》の張った顔が、恐怖にゆがんだ。

「他人《ひと》は野晒とも呼ぶ」

「おれに、何をする気だ」

「世話になった礼をするだけさ」

唐十郎は低い抑揚のない声で言った。表情のない顔だが、岡倉を見つめた双眸には刺すようなひかりがあった。

「おれは、八丁堀の同心だぞ。おれを斬れば、南北の奉行所が総力を挙げて、おまえたちをお縄にするぞ」

岡倉は語気を強めて言ったが、その声は震えていた。顔も血の気が失せている。

「どうかな。町方も、おれが下手人とは思わぬだろう。そのように、始末するからな」

「なに……」

「成仏させてやろう。眠っているように穏やかな顔でな」

唐十郎は、祐広の柄に右手を添えた。

「よ、よせ！　金なら、出す」

岡倉は、恐怖に顔をひき攣《つ》らせて後じさりした。

「その前に、訊きたいことがある」

唐十郎は、岡倉との間をつめながら言った。

「な、何でも話すから、助けてくれ」

岡倉の体が、わなわなと顫《ふる》え出した。度を失っている。悪党にしては、意気地《いくじ》のない男である。

「小林と一文字の隠れ家は、どこだ」

「た、高輪《たかなわ》と、聞いている」

言いながら、岡倉はすこしずつ後じさった。

「高輪のどこだ」

唐十郎が、さらに岡倉との間をつめる。

岡倉は、でたらめに高輪を口にしたのではないようだった。倉西や林が、嘉勝派の刺客の隠れ家をつきとめられなかったのは、滝川藩とかかわりのない住居だったからであろう。ただ、高輪というだけでは、探しようがない。

「おれは行ったことはないが、勘兵衛の寮だそうだ」

「そうか」

唐十郎が、岡倉の背後にいる弐平に目をやると、ちいさくうなずいた。それだけ分かれば探し出せるという合図である。

「高輪には、滝川藩の者が何人ほどいるのだ」

「四、五人いるようだ」

「小林と一文字だけでは、ないようだな」

ふたりの他にも、倉西たちを襲った嘉勝派の藩士が潜伏しているのであろう。

「おれは、その者たちと、何のかかわりもないぞ」

岡倉が上目遣いに唐十郎を見ながら言った。この期に及んで、まだ言い逃れをする気のようだ。往生際の悪い男である。

「おまえを生かしておくと、おれや弐平が江戸に住めぬ」

そう言って、唐十郎は左手で鍔元を握り鯉口を切った。これ以上、岡倉から聞き出すこともなかった。

唐十郎が右手を祐広の柄に添えたとき、ふいに、岡倉が反転し、

「た、助けて！」

と叫びざま、走り出そうとした。

刹那、唐十郎の腰元で刀身の鞘走る音がし、夜陰のなかに刃唸りが聞こえた。神速の居合である。

次の瞬間、岡倉の首がガクリと前に垂れ、首根から血が噴き上がった。血を驟雨《しゅうう》のように撒き散らしながら岡倉は数歩走り、そのまま前に転倒した。喉皮だけを残して垂れた首が地面を打って、にぶい音をたてた。

岡倉の体は夜陰のなかに沈んだように動かなかったが、首根から血の流れ落ちる音が妙に生々しく聞こえてきた。

唐十郎は祐広の刀身の血糊を岡倉の袖口で拭うと、静かに納刀した。

「ざまァねえや」

弐平が吐き捨てるように言った。

「この男も、成仏させてやろう」

唐十郎は岡倉の首のそばに屈むと、奇妙にねじれた首をもどし、瞠目したままの両眼を指先でふさいでやった。

「町方の始末はついたな」

そうつぶやくと、唐十郎はゆっくりと夜陰のなかを歩きだした。助造、弐平、寅次の三人が後ろにつづく、四人のいなくなった夜陰のなかに、岡倉の眠ったような顔の死体が横たわっている。

6

久し振りに道場にもどった唐十郎が、縁先で茶碗酒を飲んでいると弐平が姿をあらわした。

「ヘッヘヘ……。旦那は、そこが一番落ち着くようで」

弐平は、丈を伸ばした若草を踏みながら縁側へ近付いてきた。

「ここには、落ち着けぬ者が大勢いるがな」

「だれのことです」

弐平が怪訝《けげん》な顔をした。

「石仏の主たちだ。成仏できずに、さ迷っている者も多い」

そう言って、唐十郎は若草のなかから首を出している石仏たちに目をやった。石仏の背に名を刻まれた者のなかには、無念の最期を遂げた者もすくなくなかったのである。

「また、その仏が増えることになりやすぜ」

弐平が唐十郎の脇に腰を下ろして石仏に目をむけた。

「小林たちの隠れ家が、知れたのか」

唐十郎が訊いた。

唐十郎たちが岡倉を斬って五日経っていた。この間、弐平は寅次とともに高輪に出かけ、小林たちの隠れ家を探っていたのである。

「へい」

弐平によると、高輪の海岸近くの松林のなかに大島屋の寮があり、滝川藩士らしい武士が数人住んでいるという。

「大島屋の者もいるのか」

「下働きの爺さんと、おまきという通いの女中がいるようですぜ」

弐平は、おまきから話を聞いたと言い、さらに、ときおり、勘兵衛も来るらしいですぜ、と言い添えた。

「勘兵衛がか」

唐十郎が訊き返した。寅次が、大島屋を見張っていたと弐平から聞いていたので意外な気がしたのだ。勘兵衛が高輪まで出かければ、寅次の目にとまったのではないかと思ったのだ。

「へい、それが、猪牙舟を使って行き来してるらしいんで」

弐平によると、勘兵衛は店のすぐ前にある桟橋から猪牙舟に乗り、高輪の寮の裏手の桟橋で下りるという。大川を下り江戸湊へ出れば、大島屋から寮まで人目につかずに時間もわずかだそうである。

「寅次も、勘兵衛が猪牙舟に乗るのは目にしてやしたが、船荷でも見にいったんだろうと高を括《くく》っていやしてね。あっしに、話もしなかったんでさァ」

弐平が、寅次は、まだ半人前なんで、と苦笑いを浮かべて言い添えた。

「ならば、勘兵衛もいっしょに始末できるな」

唐十郎は、いつか勘兵衛も始末したいと思っていた。小林たちといっしょに勘兵衛の始末ができれば、一気に片が付くのだ。

「そういうことなら、あっしと寅で、大島屋を見張り、勘兵衛が舟で出たら旦那に知らせやすぜ」

「それまでに、やることがあるな」

すぐにも、林や大河内たちと連絡を取って、襲撃の手筈をととのえねばならない。

唐十郎、弥次郎、助造の三人だけでは、寮にいる小林たちには太刀打ちできないのだ。それに、小林たちを討つのは林たち滝川藩の家臣で、唐十郎たちはあくまでも助勢である。

二日後、唐十郎は弥次郎とともに京橋の船田屋で、林たちと会った。船田屋は、以前倉西や林と会った料理屋である。唐十郎が林たちと会えるよう段取りをしたのは徳左衛門だったが、その密談に徳左衛門はくわわらなかった。大島屋の者に密談を気付かれぬように配慮したのである。

船田屋の座敷で顔を合わせたのは、唐十郎、弥次郎、林、大河内、関口、瀬崎の六人だった。林は傷が癒え、いまは刀をふるうこともできるという。

酒肴の膳が運ばれ、一献酌み交わすと、まず、唐十郎が高輪にある大島屋の寮に小林たちが潜伏していることを話した。

「そのような場所に、隠れておったか」

林が昂《たかぶ》った声で言った後、さすが、狩谷どのでござる、と言い添えた。

林たちにすれば、唐十郎たちが簡単に小林たちの隠れ家を探り出したので驚いたのだろう。これまで、倉西の配下の何人もの藩士が、小林たちの隠れ家を探っていたがつきとめられなかったのだ。

「すぐにも、小林たちを討ちましょう」

大河内が勢い込んで言った。

「勘兵衛も、いっしょに始末した方がいいな」

唐十郎が、勘兵衛もときおり寮に顔を出すことを話すと、

「それはいい。勘兵衛がいなくなれば榊原たちは江戸での後ろ盾を失い、嘉勝派は動きを封じられることになろう」

林も唐十郎の考えに賛同した。

「ところで、寮には小林、一文字の他に、三、四人の藩士がいるらしいが」

唐十郎が言った。

「おそらく、町宿の者たちでござろう」

林によると、藩邸内に住む者は脱藩でもしないことには、屋敷を出て別の場所に住むことはできないという。

「それで討手は」

唐十郎は寮を襲撃する人数が知りたかったのだ。

「ここにおる四人、それに新たに五人くわえるつもりだ」

戦力としては十分だった。唐十郎たち三人をくわえれば、敵の倍以上の人数になる。

「後は、勘兵衛が寮にいるとき、おぬしたちがどうやって高輪へ駆け付けるかだな」

唐十郎は、弐平から勘兵衛が寮にむかったとの報らせを受け次第、猪牙舟で高輪へ

むかうつもりだった。岩田屋の前には桟橋があり、猪牙舟が何艘も舫《もや》ってあるので、唐十郎たちはすぐに高輪へむかうことができるのだ。

唐十郎がそのことを話すと、

「されば、瀬崎を岩田屋におき、いっしょに舟に乗せてはいただけぬか」

林が、三田《みた》の薩摩《さつま》藩の蔵屋敷ちかくに町宿の者がいるので、近くで瀬崎を舟から下ろしてもらえば、藩邸にいる林たちに知らせがとどくよう手筈をととのえておく、と言い添えた。

「承知した」

唐十郎は、林たちの到着が遅くなれば、舟で出る勘兵衛を待ち伏せて先に斬ってもいいと思った。寮内にいる小林たちにさえ知られなければ、その後林たちが到着してから寮を襲うことができるのだ。

そこまで話が進んだとき、

「狩谷どの、頼みがある」

と、林が膝を乗り出すようにして言った。

「頼みとは」

「寮内にいる家臣をふたりほど、生け捕りにしたいのだ」

林が、ふたりを捕らえて、榊原や勘兵衛の陰謀とこれまでの悪事を白状させ、榊原たちを追いつめたいと言い添えた。

「そちらに、任せる」

唐十郎は、藩士を斬殺しようと生け捕りにしようと林たちの勝手にすればいいと思った。ただし、小林と一文字のふたりは、自分と弥次郎とで斬るつもりでいた。小宮山流居合と鬼迅流との決着を付けたかったし、それが、唐十郎たちが請け負った仕事でもあったのだ。当然、そのことは弥次郎にも話してあった。

第六章　鬼《き》迅《じん》流

1

「旦那ァ！　野晒の旦那」

戸口で弐平が呼んでいる。その声に慌てているようなひびきがあった。

唐十郎は、傍らの柱に立て掛けてあった祐広を手にして立ち上がった。同じ座敷にいた弥次郎も刀を手にしてすぐに立った。

隣の部屋からも畳を踏む慌ただしい音が聞こえた。助造と瀬崎も、弐平の声を耳にしたらしい。

「勘兵衛が、店を出たようだな」

唐十郎が障子をあけながら言った。

「そのようです」

弥次郎の顔はいくぶん紅潮していたが、声は平静である。

土間に弐平の姿があった。唐十郎と弥次郎が上がり框《がまち》のそばまで来ると、助造と瀬崎が後ろに身を寄せてきた。ふたりとも顔を紅潮させ、息をつめて弐平を見つめている。

「弐平、勘兵衛が舟で出たか」

唐十郎が訊いた。

「へい、行き先は高輪ですぜ」

弐平が目をひからせて答えた。

「よし、行こう」

唐十郎たちは、すぐに岩田屋の離れから出た。店舗の脇のくぐり戸から通りへ出て、店の斜前にある桟橋へとむかった。そこは日本橋川に架けられた岩田屋専用の桟橋で、艀《はしけ》と数艘の猪牙舟が舫ってあった。

一艘の猪牙舟の脇に寅次が立っていて、手招きしている。どうやら、先に桟橋に来て舟を出す準備をしていたようだ。

「早く乗ってくだせえ」

寅次はそう言って舟に乗り、櫓《ろ》を取った。舟を漕ぐのは、寅次らしい。

唐十郎たち四人が乗り込むと、寅次はすぐに舟を出し、舳先を川下へむけた。巧みに櫓を漕ぎ、舟はすべるように大川へとむかっていく。

「寅は、船頭の見習いをしてたことがあるらしいんで」

弐平が目を細めて言った。寅次の舟を漕ぐ腕が役立ち、弐平も喜んでいるようだ。

大川に出た舟は、水押《みお》しで川面を切るように川下へ進んでいく。眼前には江戸湊の海原がひろがり、凪《な》いだ海面が夕陽を反射《はね》て油でおおったように照りかがやいていた。大型の廻船が、白い帆を風にふくらませて大川の河口へと進んでくる。

寅次の漕ぐ舟は石川島と佃島の脇を進み、濱御殿《はまごてん》を右手に見ながら、岸際を高輪へとむかっていく。

「あれが、薩州さまのお屋敷ですぜ」

弐平が海岸沿いの藩邸らしい屋敷を指差した。そこには薩摩藩の屋敷だけでなく、他藩の下屋敷もつづいていた。

「舟を手前の砂浜に寄せてくれぬか」

瀬崎が言った。

「ようがす」

寅次は櫓をあやつって水押しを岸辺へと寄せた。

船底が砂地に乗り上げないよう、寅次は石垣を低く積んで浅瀬へ張り出した桟橋代わりの場所に舟を着けた。

「すぐに、林さまたちに報らせます」

瀬崎は、舟から飛び下りて駆け出した。

次に、寅次が舟を着けたのは、高輪の海岸近くの掘割だった。海からつづく掘割の入口に、ちいさな桟橋があったのだ。

「旦那、大島屋の寮はすぐですぜ」

弐平が言った。どうやら、弐平と寅次は下見に来ていて、舟を着ける場所も決めておいたらしい。

唐十郎たちは舟から桟橋に上がった。桟橋につづいて狭い石段があり、そこを上ると松林になっていた。

「こっちで」

弐平が唐十郎たちを先導した。

松林のなかの小径をいっとき歩くと、前方に黒板塀で囲われた屋敷が見えてきた。寮らしい数寄屋ふうの建物で、屋敷の前方に江戸湊がひろがっている。弐平によると、海岸から細い掘割が屋敷の前の庭先までつづいていて、猪牙舟で入って来られるという。

唐十郎たちは、黒板塀の近くの笹藪の陰に身を隠した。ここで、林たちが駆け付けるのを待つのである。

「ちょいと、様子を見て来やしょう」

弐平がそう言い、寅次を連れてその場を離れた。

ふたりは寮の黒板塀に身を寄せて、屋敷内の様子をうかがっているようだったが、いっときすると、忍び足で海側の庭の方へまわった。

小半刻（三十分）ほどして、弐平だけ笹藪の陰にもどってきた。寅次は庭の先の掘割に繋《つな》いである猪牙舟を見張っているという。

「舟があるうちは、勘兵衛も屋敷にいるはずなんで」

弐平が小声で言った。寅次に、勘兵衛の動きを見張らせておいたようだ。

「それで、なかの様子は」

唐十郎が訊いた。

「なかに、五、六人はいやすぜ」

屋敷内の庭に面した座敷から、男たちの話し声が聞こえたという。

「今後の策を、相談してるのかもしれぬな」

勘兵衛は、島造につづいて岡倉が斬殺されたことは知っているはずだった。死体が眠り首だったことも、聞いているだろう。勘兵衛は、島造と岡倉の次は自分が同じ目に遭うのではないかと思い、怯えているのではないか。こうして、岡倉が殺されてからそれほど日を置かずに寮に来たのも、小林たちに岡倉たちを斬った者を何とか始末してもらいたいからにちがいない。

「庭の方からも、敷地内に入れるのか」

　唐十郎が訊いた。

「へい、前《めえ》は塀をなくして、海を眺められるようになっていやす」

　弐平によると、庭の端に掘割があり、その先の松林につづいて砂浜と海がひろがっているという。

「そうか」

　庭からも屋敷内に入れそうである。

　それからしばらくして、林たち一隊が姿を見せた。松林のなかを足音を忍ばせて笹藪の陰へ近付いてくる。

　総勢、九人。林の他に大河内、関口、瀬崎の顔もあった。

　いずれも戦いの装束ではなく、羽織袴姿で二刀を帯びていた。ふだん屋敷外を歩く身支度である。人目を引かぬよう配慮したのであろう。ただ、足元だけは。武者草鞋《わらじ》でかためていた。どの顔も紅潮し、双眸が燃えるようにひかっている。

2

一隊が笹藪の陰に身をかがめると、林が唐十郎に近寄ってきた。

「屋敷内の様子は」

林が声を殺して訊いた。

「五、六人いるそうだ。それに、勘兵衛もな」

唐十郎が答えた。弐平から耳にしたことである。

「朝方、榊原の腹心の武藤と勘定方の片桐が藩邸を出ている。ここに来ていると、見ているが」

「そうかも知れぬ」

今後の策を相談するため、勘兵衛や武藤たちがここに集まったのであろう。

「こちらにとっては、都合がよい。武藤か片桐を捕らえれば、榊原の罪状があきらかになるからな」

林が、ここで捕えられれば、言い逃れはできまい、と言い添えた。

「まかせよう」

唐十郎は藩内の騒動に口出しするつもりはなかった。嘉勝派の追及は、林や倉西たちが勝手にやればいいのである。

「よし、今日こそ、小林たちを討つ」

林が語気を強めて言った。いつになく眼光がするどく、顔もこわばっていた。林にすれば、討手の使命をおびて国許を出てからこの日を待っていたにちがいない。大河内、関口、瀬崎も同じように昂った顔をしていた。

「そろそろ、まいろうか」

唐十郎が林のなかを見まわして言った。すでに、陽は沈み、松林のなかには淡い夕闇が忍び寄っていた。暗くなる前に決着をつけねば、闇にまぎれて敵を逃がす恐れがあったのだ。

「支度をせい」

林の声で、八人の藩士がいっせいに立ち上がった。

藩士たちは無言のまま羽織を脱ぐと、襷《たすき》で両袖を絞り、袴の股立《ももだち》を取った。助造も同じように戦いの身支度を始めたが、唐十郎と弥次郎は、そのままだった。ふだんの装束で抜刀する稽古を積んでいたので、身支度をととのえる必要はなかったのである。

「行くぞ」

林が指示し、一隊は足音を忍ばせて黒板塀に身を寄せた。弐平と寅次は、すこし間を置いて唐十郎たちの背後についてきた。戦いにくわわることはないが、何か手助けするつもりなのだろう。

板塀に身を寄せると、屋敷内から男たちの談笑の声が聞こえてきた。弐平が言っていたとおり、庭に面した部屋に五、六人いるようである。

「二手に分かれよう」

唐十郎が言った。一隊は庭の方から、もう一隊は木戸門のある戸口から侵入するのである。幸い、木戸門は自然木を両側に立てただけの簡素な作りで、門扉はないとのことだった。

「承知」

林は、唐十郎たちがどちらから入るのか訊いてから、一隊を二手に分けた。

庭先から、唐十郎、弥次郎、助造、瀬崎、それに藩士がふたり、入ることになった。一方、木戸門からは、林、大河内、関口、それに藩士が三人である。

「行くぞ」

林たちが先に動いた。

唐十郎たちは、林たちが木戸門に近付いたころを見計らってその場を離れた。唐十郎、弥次郎、助造が先にたち、瀬崎たち三人が後ろにつづいた。

板塀がとぎれ、その先が細い掘割になっていて、猪牙舟が二艘舫ってあった。一艘は勘兵衛が乗ってきた舟であろう。

唐十郎たちは、掘割沿いの土手をたどって庭先へ出た。狭いが松や梅などを植えてあり、その先に屋敷があった。

庭に面した縁側のつづきの座敷から男たちの話し声が洩れてきた。障子がたててってなかは見えないが、その部屋に集まっているらしい。

灯の色はなかった。辺りは淡い夕闇につつまれていたが、上空には残照がひろがり、屋敷内でも灯《ひ》が必要なほど暗くはないのだろう。

唐十郎たちは、足音を忍ばせて縁先へ近付いていった。

そのとき、屋敷の裏手で板戸に体当たりするような音がひびき、男の悲鳴が上がった。林たちが戸口から踏み込んだようだ。悲鳴の主は老いを感じさせる声だったので、下働きの老爺かもしれない。

その音で座敷の声が、ハタとやんだ。

数瞬して、襲撃だ！　迎え撃て！　などという男の叫び声が起こり、屋敷内に慌ただしく立ち上がる音や畳を踏む音がひびいた。

すると、唐十郎が縁先に立ち、

「小林八十郎！　一文字弥助！　姿を見せろ」

と、声を上げた。

唐十郎は、屋敷内での敵味方入り乱れての戦いを避けようと思ったのだ。それに、小林と一文字とは尋常に勝負をしたかった。

部屋のなかで、敵が庭にもいるぞ、と声がし、障子があけ放たれた。

座敷に四人の男がいた。刀を手にした武士が三人、もうひとりは町人体で座敷の隅に身を寄せていた。町人体の男は、勘兵衛らしい。顔は見えなかったが、恰幅《かっぷく》のいい男である。座敷には他にもいたはずだが、林たちを迎え撃つために戸口へむかったのであろう。

「狩谷か」

中背で面長の武士が縁先に出てきた。小林である。

小林の脇に長身の武士が立っていた。鼻梁の高い、剽悍《ひょうかん》そうな面構えの男である。

一文字弥助のようだ。

「よく、ここが分かったな」

「おれたちにも、町方に負けぬ探索の手があるのさ」

「そうか」

「小林、勝負を決しようぞ」

唐十郎が小林を見すえて言った。

「望むところだ」

小林は左手に大刀をひっ提げ、ゆっくりと縁先へ出てきた。

それを見た弥次郎が、

「うぬが、一文字弥助か」

と、長身の男にむかって誰何した。弥次郎も、一文字の体軀や風貌を耳にしていたのである。

「いかにも。うぬは、狩谷道場の者だな」

一文字が刺すような目で弥次郎を見つめた。

「本間弥次郎だ。……一文字、小宮山流居合、受けてみるか」

弥次郎が一文字に挑んだ。すでに、弥次郎が一文字に立ち向かうことは、唐十郎と打ち合わせてあったのだ。

「よかろう。鬼迅流の妙手、見せてくれよう」

そう言って、一文字が縁先から庭へ飛び下りた。

一方、助造と瀬崎は、縁先に姿を見せたもうひとりの敵と相対していた。ふたりで仕留めるつもりらしい。

そのとき、屋敷の裏手で、気合や怒号、刀身のはじき合う音、障子を破る音などが聞こえてきた。林たちと戸口にむかった敵との戦いが始まったのである。

3

唐十郎は、庭に下りた小林と対峙していた。

ふたりの間合はおよそ四間。まだ、抜刀の間合からは遠い。

小林は八相に構えていた。以前、立ち合ったときと同じようにすこし前屈みになり、刀身を後ろに引いて寝せている。

小林は細い目で唐十郎を見すえていた。獲物を見つめる蛇のような目である。

対する唐十郎は祐広の柄に右手を添え、居合腰に沈めていた。唐十郎は鬼哭の剣を遣うつもりだった。

ただし、鬼哭の剣で小林を仕留めることはできないとみていた。鬼哭の剣を捨て太刀にし、二の太刀で勝負を決するのである。

小林とは一度対戦し、鬼疾風がどのような技か知っていた。鬼疾風は神速の寄り身で迫りながら刀身を揺らすため、間合も太刀筋も読めなくなってしまう。その迅い寄り身をとめるために、遠間から鬼哭の剣を放つのである。

唐十郎は気を鎮めて、小林の鬼疾風の起こりを待っていた。

小林は腰をわずかに沈め、趾《あしゆび》を這うようにさせてすこしずつ間合をつめてきた。その全身に気勢が満ち、しだいに斬撃の気配がみなぎってくる。

フッ、と小林の肩先が下がった刹那《せつな》、前に走りだした。

疾走してくる。疾風のような迅《はや》さである。

と、小林の右の肩先に白い光芒が見え、体が左右に揺れだした。揺れながら急迫してくる。光芒は刀身である。寝せていた刀身を高くかざして揺らしているのだ。その光の揺れが視覚を惑わし、体が揺れているような錯覚を生むらしい。

唐十郎は気を鎮めて、小林との間合を読んだ。鬼哭の剣を放つ間合をとらえようとしたのだ。

小林が一気に眼前に迫ってきた。

――いまだ！

感知した刹那、唐十郎は裂帛《れっぱく》の気合とともに前に跳びながら抜きつけた。切っ先が稲妻のように小林の首根に疾《はし》った。空を切ることを承知して、遠間から放った鬼哭の剣である。

イヤァッ！

間髪を入れず、小林が鋭い気合とともに八相から刀身を横一文字に払った。

二筋の閃光がふたりの眼前で交差し、ふたつの体が疾風のように擦れ違った。

一瞬、唐十郎は胸部に軽い衝撃を感じた。小林の切っ先が、胸部を裂いたのである。

だが、浅手だ。小林も唐十郎の鬼哭の剣をかわすため、遠間から鬼疾風を放ったため、首ではなく胸を浅くとらえただけで切っ先が流れたのだ。

ふたつの体が擦れ違った次の瞬間、唐十郎の体がすばやく反転した。波返の体捌きである。

鬼哭の剣から波返へ。

反転しざま、刀身を上段に大きく振り上げ、敵の頭上へ斬り下ろす。まさに、引いては返す波のような刀の流れである。

小林は反転し、ふたたび八相に構えようとした。そこへ、唐十郎の一撃が側頭部へ入った。

ザクリ、と鬢《びん》とともに片耳が削げて落ちた。

一瞬、柘榴《ざくろ》のようにひらいた傷口から白い頭骨が覗いたが、次の瞬間、噴き出た血で顔が赤い布を張り付けたように染まった。

小林は凄まじい絶叫を上げ、狂ったように斬り込んできた。唐十郎は小林の斬撃をかわしざま脇に跳び、刀身を横に払った。

その切っ先が、小林の首筋をとらえた。鬼哭の剣の太刀捌きである。

突如、小林の首筋から血が噴いた。血は一筋の赤い帯のように虚空へ伸びて散っていく。切っ先が血管《ちくだ》を斬ったのである。

ヒュウ、ヒュウ、と血の噴出音が聞こえた。鬼哭のような物悲しいひびきである。

小林はその場につっ立ったまま血を噴出させていたが、ふいに腰からくだけるように転倒した。

唐十郎の白皙《はくせき》が朱を掃《は》いたように染まり、双眸が利鬼《せっき》のような異様なひかりを放っていた。だが、すぐに潮の引くように顔の紅潮が消え、憂いを含んだいつもの顔にもどっていく。

唐十郎は血刀をひっ提げたまま、弥次郎に目を転じた。

弥次郎は一文字と対峙していた。弥次郎は抜刀し、脇構えに取っていた。肩先に血の色がある。対する一文字の右の二の腕も血に染まっていた。お互いが、敵の一撃をあびたらしい。

──弥次郎は負けぬ。

と、唐十郎は見てとった。

一文字の顔に恐怖の色があり、八相に構えた刀身が揺れている。二の腕の傷で、うまく構えられないらしい。それに、助造と瀬崎が敵のひとりを斃《たお》し、一文字の左右にまわり込もうとしていたのだ。

唐十郎は、その場を弥次郎たちにまかせ、縁側から座敷に踏み込んだ。勘兵衛は小林が斬られたのを見て、その場から逃げようとしていたのだ。

唐十郎は勘兵衛の前に走り寄り、鼻先に切っ先をつきつけた。

「た、助けてくれ」

勘兵衛が声を震わせて言った。血色のいい赤ら顔が蒼ざめ、恐怖に目を剝いている。

「おれたちを下手人に仕立てようとしたらしいが、生憎《あいにく》だったな」

唐十郎は祐広の刀身を脇に引いた。

「わ、わたしは、商人《あきんど》だ。滝川藩との商談で、ここにいるだけなのだ」

勘兵衛は、顫《ふる》えながら後じさりし始めた。

「無駄だ。岡倉がすべて吐いた」

言いざま、唐十郎は祐広を振り上げた。

ヒイイッ、と勘兵衛は、喉のつまったような悲鳴を洩らし、よたよたと後じさった。反転して、逃げようとはしなかった。激しい恐怖と怯えで身が竦《すく》んでしまったようだ。

勘兵衛の背が障子についた。それ以上は下がれない。このときになって、勘兵衛は逃げようとしてきびすを返した。

勘兵衛が背をむけた刹那、唐十郎の祐広が一閃した。

にぶい骨音がし、勘兵衛の首が横に大きくかしいだ瞬間、ザザッと障子紙を打つ音がした。首根から噴出した血が障子に降り注いだのだ。

見る間に、障子紙が赤い斑《まだら》に染まったが、すぐにバリバリと音がして障子紙と桟が破れた。勘兵衛が倒れながら両腕を障子につっ込んだのだ。そのまま恰幅のいい勘兵衛の体が、障子と折り重なって廊下側へ倒れた。

勘兵衛は動かなかった。倒れて障子の上に腹這いになり、首だけを横にむけていた。すでに、絶命している。勘兵衛は恐怖に顔をゆがめ、大きく目を瞠《みひら》いていた。

「成仏するがいい」

唐十郎はそうつぶやくと、勘兵衛の両眼をとじてやった。

そのころ、林たちの戦いも終わっていた。林たちは戸口にあらわれた四人の武士のうち、ふたりを斃し、ふたりを生け捕りにしていた。捕らえたのは、寮に来ていた榊原の腹心の武藤と竹井《たけい》三郎《さぶろう》という町宿の藩士だった。片桐も姿を見せたが、激しく抵抗したため討ち取ったのである。

林たちは、庭に面した座敷に捕らえた武藤と竹井を連れてきた。すでに、庭での戦いも終わり、唐十郎たちが縁先に集まっていた。

小林、一文字を討ち取り、勘兵衛も始末していた。味方で命を落とした者はいなかった。唐十郎と弥次郎が、敵刃を受けたがかすり傷である。

唐十郎は林たちに小林や一文字を討ったことを伝えた後、

「おれたちは、これで引き上げる」

と、集まった滝川藩士たちに言った。

すでに、辺りは濃い暮色につつまれていた。これ以上、寮にとどまる必要はなかった。後のことは林たちにまかせればいいのである。

「かたじけのうござった」

林が唐十郎や弥次郎に目礼すると、そばにいた瀬崎や大河内たちも頭を下げた。

唐十郎はちいさくうなずいただけで、庭の方へ歩きだした。弥次郎と助造が後につづいた。板塀のところまで来ると、弐平と寅次が待っていた。

「帰りも、あっしが舟を漕ぎやすぜ」

寅次が得意そうに言った。

4

淡い月光が縁先を照らしていた。初夏のやわらかな風が、庭に繁茂した若草をゆらしている。その若草の間からいくつもの石仏が顔を出していたが、月光に照らされた黒い像が識別できるだけである。

高輪の寮で小林たちを斬ってから、一月《ひとつき》ほど過ぎていた。道場には弥次郎と助造、それに瀬崎がときおり稽古に通ってきていたが、唐十郎はいつものように稽古にはくわらず、無聊《ぶりょう》を酒で慰《なぐさ》めて過ごす日々を送っていた。

この日も陽が沈むと、唐十郎はひとり貧乏徳利の酒と湯飲みを手にして飲み始めたのである。

そのとき、母屋の戸口の方で下駄の音がした。女のようである。下駄の音は、唐十郎のいる縁側の方へむかってきた。

咲である。千筋《せんすじ》の単衣《ひとえ》に鱗模様《うろこもよう》の帯。町娘のような身装《みなり》で、風呂敷包みを胸にかかえていた。

唐十郎は咲と顔を合わせると、無言のままちいさくうなずいて見せた。咲も何も言わず唐十郎の脇へ腰を下ろすと、

「おつぎしましょう」

と言って、貧乏徳利を取って、唐十郎の湯飲みに酒をついでやった。

唐十郎が湯飲みを手にして言った。

「咲、いい月だな」

「はい」

「その包みは」

唐十郎が咲の膝の上の風呂敷包みに目をむけた。

「唐十郎さまの浴衣《ゆかた》です。そろそろ、浴衣の似合う季節でございます」

咲が微笑《ほほえ》みながら言った。

咲は季節に応じて、唐十郎の着る単衣や袷《あわせ》、浴衣などを繕《つくろ》ったり新しく仕立てたりしてくれた。ふたりが情を通じるようになって、数年経つ。所帯を持ったわけではないが、ふたりは夫婦のように気持ちが通じあっていたのである。

「ところで、滝川藩だが、榊原が腹を切ったそうだぞ」

唐十郎が抑揚のない声で、他人事《ひとごと》のように言った。数日前、唐十郎は瀬崎からそのことを聞いていたのだ。

瀬崎によると、大島屋の寮で武藤と竹井を捕らえた林たちは、ふたりの身柄を上屋敷に連れていき、目付の立ち合いのもとで、小林たちがかかわった事件について吟味したという。当初は、ふたりとも口をひらかなかったが、林たちの執拗《しつよう》な追及にまず榊原の影響のうすい竹井が自白した。その数日後、竹井が自白したことを知った武藤も、口を割ったのである。

武藤と竹井の自供によると、榊原は嘉勝派の江戸における首魁《しゅかい》で、まず勘定方の片桐と江口を味方に引き入れ大島屋と結託して自派の勢力を強める策を取ったという。主に、大島屋の財力を利用して中立の立場の重臣を取り込んだり、竹之助派の重臣を懐柔したりした。ところが、思うように自派に与《くみ》する家臣が集まらなかったため、国許で兇刃をふるっていた小林たちを江戸に呼び、敵対する竹之助派の要人の暗殺を謀《はか》ったのだという。

榊原がそこまで嘉勝に肩入れしたのは、嘉勝が藩主の座に就けば、榊原を江戸家老にするとの密約があったからだそうである。また、勘兵衛とは、滝川藩の蔵元はもとより、すべての藩米の扱いを大島屋にまかせるという約定があったそうだ。くわえて、勘兵衛には岩田屋を越えたいという強い野望があって、岩田屋の主人も殺すという条件で、榊原と手を結んだらしいという。

「武藤と竹井の自白を知った榊原は、藩主の沙汰《さた》が下りる前に腹を切ったらしい。他に榊原に与していた家臣は勘定方の江口をはじめ、数人いるようだが、その者たちは藩邸内で謹慎し、藩主からの沙汰を待っているそうだ」

唐十郎がそう言うと、

「嘉勝さまは、どうなりましょう」

咲が訊いた。

「瀬崎の話だと、国許で謹慎してるそうだ。まァ、切腹ということはあるまいが、城は出ねばなるまいな」

唐十郎は、領内のどこかに捨扶持《すてぶち》でも貰って細々と暮らすのではないかと思った。

それも、政争に敗れた者の定めである。

「滝川藩の騒動も収まりそうですね。竹之助君が滝川藩を継ぐことで、落ち着きそうですよ」

と、咲が小声で言った。

咲が話したことによると、阿部伊勢守正弘が竹之助を世継ぎとするよう、滝川藩主の長井貞盛に働きかけているという。

老中として幕政の舵《かじ》を握っている阿部の力は絶大である。貞盛も、竹之助に滝川藩を継がせないわけにはいかないだろう。

「咲の報告で、伊勢守さまが肚《はら》を決めたのではないのか」

唐十郎は、咲が此度の事件の経緯を阿部に報告し、阿部は竹之助が滝川藩を継ぐのが順当だと判断したのであろうと思った。

「伊勢守さまには、前から嫡子が家を継ぐべきとのお考えがあったようですよ」

咲は、それ以上阿部のことは口にしなかった。

唐十郎も、そのことは訊かなかった。滝川藩をだれが継ごうと、唐十郎はどうでもよかったのである。

「大島屋も店仕舞いしたそうだし、これで、滝川藩にかかわる事件の始末はついたな」

その後、唐十郎は弐平から大島屋のことを聞いていた。

高輪の寮で勘兵衛の斬殺死体が発見されたのは、唐十郎たちが寮に踏み込んだ翌日だった。朝方、寮にいた孫平《まごへい》という下働きの老爺が近所の者に触れ歩き、町方が調べに入ったのである。

寮に残っていた死体は勘兵衛と、勘兵衛を舟で寮まで運んだ船頭だけだった。前夜のうちに、林たちが滝川藩士の死体は藩邸へ運んでしまったのである。

八丁堀同心に事情を訊かれた孫平が、

「寮にいた滝川藩士と踏み込んできた滝川藩士との間で、斬り合いになりやした」

と話したため、検屍に当たった同心は、勘兵衛と船頭は巻き添えを食ったのであろうと判断した。

同心は集まった岡っ引きたちに探索を命じたが、乗り気ではなかった。町方として藩の騒動に首をつっ込む気はなかったし、たとえ下手人が割れても大名の家臣では手が出せなかったからである。

そのことを唐十郎に話した弐平は、

「だれも、本腰を入れて探っちゃァいねえ。三月《みつき》もすりゃァ、町方も忘れちまいまさァ」

　と、苦笑いを浮かべながら言った。

　唐十郎が弐平の話を咲に伝えた後、湯飲みを手にしたまま虚空に目をむけていると、

「唐十郎さま」

　咲が何か思い出したように言った。

「何だ」

「そこに、立ってくださいな」

　そう言って風呂敷包みを解き、格子縞《こうしじま》の浴衣を手にして立ち上がった。

　咲は唐十郎を縁側に立たせると、背後にまわり、浴衣を唐十郎の背に当てて身丈《みたけ》や肩幅を合わせてみた。

「ちょうどいいようですよ」

　咲がそう言って、唐十郎の脇へ身を寄せたとき、

「浴衣もいいが、今夜は咲が欲しい」

　唐十郎は、手を伸ばして浴衣ごと咲を抱き寄せた。

「お月さまが、見てますよ」

咲が唐十郎の耳元でささやいた。

「月だけではないぞ。庭では石の仏たちが叢《くさむら》から首を伸ばして、みんなでこちらを見ている」

「嫌な男《ひと》」

咲はそう言うと、唐十郎の胸に体をあずけてきた。

唐十郎と咲は、縁先に立ったままお互いの背にまわした腕に力をこめた。そのふたりの様子を、淡い月光に照らされた石仏たちが、叢から丸い頭をのぞかせて見つめている。

切・り・取・り・線

一〇〇字書評

眠り首

購買動機（新聞、雑誌名を記入するか、あるいは○をつけてください）	
□（　　　　　　　　　　　）の広告を見て	
□（　　　　　　　　　　　）の書評を見て	
□ 知人のすすめで	□ タイトルに惹かれて
□ カバーが良かったから	□ 内容が面白そうだから
□ 好きな作家だから	□ 好きな分野の本だから

・最近、最も感銘を受けた作品名をお書き下さい

・あなたのお好きな作家名をお書き下さい

・その他、ご要望がありましたらお書き下さい

住所	〒				
氏名		職業		年齢	
Eメール	※携帯には配信できません	新刊情報等のメール配信を 希望する・しない			

この本の感想を、編集部までお寄せいただけたらありがたく存じます。今後の企画の参考にさせていただきます。Eメールでも結構です。

いただいた「一〇〇字書評」は、新聞・雑誌等に紹介させていただくことがあります。その場合はお礼として特製図書カードを差し上げます。

前ページの原稿用紙に書評をお書きの上、切り取り、左記までお送り下さい。宛先の住所は不要です。

なお、ご記入いただいたお名前、ご住所等は、書評紹介の事前了解、謝礼のお届けのためだけに利用し、そのほかの目的のために利用することはありません。

〒一〇一－八七〇一
祥伝社文庫編集長　坂口芳和
電話　〇三（三二六五）二〇八〇

祥伝社ホームページの「ブックレビュー」からも、書き込めます。
http://www.shodensha.co.jp/bookreview/

祥伝社文庫

眠《ねむ》り首《くび》　介錯人《かいしゃくにん》・野晒唐十郎《のざらしとうじゅうろう》

平成20年4月20日　初版第1刷発行
平成24年7月7日　第2刷発行

著者　鳥羽《とば》　亮《りょう》
発行者　竹内和芳
発行所　祥伝社《しょうでんしゃ》
東京都千代田区神田神保町3-3
〒101-8701
電話　03（3265）2081（販売部）
電話　03（3265）2080（編集部）
電話　03（3265）3622（業務部）
http://www.shodensha.co.jp/
印刷所　堀内印刷
製本所　ナショナル製本

Printed in Japan ©2008, Ryō Toba　ISBN978-4-396-33421-5 C0193

祥伝社文庫の好評既刊

鳥羽 亮　新装版　**鬼哭《きこく》の剣**　介錯人《かいしゃくにん》・野晒《のざらし》唐十郎①

首筋から噴出する血の音から名付けられた奥義「鬼哭の剣」。それを授かる唐十郎の、血臭漂う剣豪小説の真髄！

鳥羽 亮　新装版　**妖《あやか》し陽炎《かげろう》の剣**　介錯人・野晒唐十郎②

大塩平八郎の残党を名乗る盗賊団、その陰で連続する辻斬り…小宮山《こみやま》流居合の達人・唐十郎を狙う陽炎の剣。

鳥羽 亮　新装版　**妖鬼飛蝶の剣**　介錯人・野晒唐十郎③

小宮山流居合の奥義・鬼哭の剣を封じる妖剣〝飛蝶の剣〟現わる！　野晒唐十郎に秘策はあるのか!?

鳥羽 亮　新装版　**双蛇《そうじゃ》の剣**　介錯人・野晒唐十郎④

鞭の如くしなり、蛇の如くからみつく邪剣が、唐十郎に襲いかかる！　疾走感溢れる、これぞ痛快時代小説。

鳥羽 亮　新装版　**雷神の剣**　介錯人・野晒唐十郎⑤

かつてこれほどの剛剣があっただろうか？　剣を断ち折って迫る「雷神の剣」に立ち向かう唐十郎！

鳥羽 亮　新装版　**悲恋斬り**　介錯人・野晒唐十郎⑥

女の執念、武士の意地……。兄の敵討ちを依頼してきた娘とその敵の因縁とは。武士の悲哀漂う、正統派剣豪小説。

祥伝社文庫の好評既刊

鳥羽　亮

新装版 飛龍の剣　介錯人・野晒唐十郎⑦

道中で襲い来る馬庭念流、甲源一刀流、さらに謎の幻剣「飛龍の剣」が…危うし野晒唐十郎！

鳥羽　亮

新装版 妖剣おぼろ返し　介錯人・野晒唐十郎⑧

唐十郎に立ちはだかる居合術最強の敵。おぼろ返しに唐十郎の鬼哭の剣はどこまで通用するのか⁉

鳥羽　亮

新装版 鬼哭《きこく》霞飛燕《かすみひえん》　介錯人・野晒唐十郎⑨

同門で競い合った男が敵として帰ってきた。男の妹と恋仲であった唐十郎の胸中は――。

鳥羽　亮

新装版 怨刀《おんとう》鬼切丸《おにきりまる》　介錯人・野晒唐十郎⑩

唐十郎の叔父が斬殺され、献上刀〝鬼切丸〟が奪われた。叔父の仇討ちに立ちはだかる敵とは！

鳥羽　亮

悲の剣　介錯人・野晒唐十郎⑪

尊王か佐幕か？　揺れる大藩に蠢く謎の刺客「影蝶」。その姿なき敵の罠で唐十郎は絶体絶命の危機に陥る。

鳥羽　亮

死化粧《しにげしょう》　介錯人・野晒唐十郎⑫

闇に浮かぶ白い貌に紅をさした口許。秘剣下段霞を遣う、異形の刺客石神喬四郎が唐十郎に立ちはだかる。

祥伝社文庫の好評既刊

鳥羽　亮
必殺剣虎伏《とらぶせ》　介錯人・野晒唐十郎⑬
切腹に臨む侍が唐十郎に投げかけた謎の言葉「虎」とは何か？　鬼哭の剣も及ばぬ必殺剣、登場！

鳥羽　亮
眠り首　介錯人・野晒唐十郎⑭
奇妙な辻斬りが相次ぐ。それは唐十郎に仕掛けられた罠。そして恐るべき刺客が襲来。唐十郎に最大の危機が迫る！

鳥羽　亮
双鬼《ふたおに》　介錯人・野晒唐十郎⑮
最強の敵鬼の洋造に出会った孤高の介錯人狩谷唐十郎の、最後の戦いが始まった！「あやつはおれが斬る！」

鳥羽　亮
京洛斬鬼　介錯人・野晒唐十郎〈番外編〉
江戸で討った尊王攘夷を叫ぶ浪人集団の生き残りを再び殲滅すべく、伊賀者・お咲とともに唐十郎が京へ赴く！

鳥羽　亮
闇の用心棒
齢のため一度は闇の稼業から足を洗った安田平兵衛。武者震いを酒で抑え、再び修羅へと向かった！

鳥羽　亮
地獄宿　闇の用心棒②
〝地獄宿〟と恐れられるめし屋。主は闇の殺しの差配人。ところが、地獄宿の男達が次々と殺される。狙いは⁉

祥伝社文庫の好評既刊

鳥羽　亮　剣鬼無情　闇の用心棒③

骨までざっくりと断つ凄腕の刺客の殺しを依頼された安田平兵衛。恐るべき剣術家と宿世《すくせ》の剣を交える！

鳥羽　亮　剣狼《けんろう》　闇の用心棒④

闇の殺し人片桐右京を襲った秘剣霞落とし。破る術を見いだせず右京は窮地へ。見守る平兵衛にも危機迫る。

鳥羽　亮　巨魁《きょかい》　闇の用心棒⑤

岡っ引き、同心の襲来、謎の尾行、殺し人「地獄宿」の面々が斃されていく。殺るか殺られるか、究極の剣豪小説。

鳥羽　亮　鬼、群れる　闇の用心棒⑥

重江藩の御家騒動に巻き込まれ、攫われた娘を救うため、安田平兵衛、片桐右京、老若の〝殺し人〟が鬼となる！

鳥羽　亮　狼の掟　闇の用心棒⑦

一人娘まゆみの様子がおかしい。娘を想う父としての平兵衛、そして凄まじき殺し屋としての生き様。

鳥羽　亮　地獄の沙汰　闇の用心棒⑧

「地獄屋」の若い衆が斬殺された。元締めは平兵衛、右京、手甲鈎の朴念など全員を緊急招集するが…。

祥伝社文庫の好評既刊

鳥羽 亮
血闘ヶ辻 闇の用心棒⑨
五年前に斬ったはずの男が生きていた⁉ 決着をつけねばならぬ「殺し人」籠手斬り陣内を前に、老刺客平兵衛が立つ！

鳥羽 亮
酔剣 闇の用心棒⑩
倅を殺され面子を潰された侠客一家が、用心棒・酔いどれ市兵衛を筆頭に「地獄屋」に襲撃をかける！

鳥羽 亮
右京烈剣 闇の用心棒⑪
秘剣〝虎の爪〟は敗れるのか⁉ 最強の夜盗が跋扈するなか、殺し人にして義理の親子・平兵衛と右京の命運は？

鳥羽 亮
悪鬼襲来 闇の用心棒⑫
非情なる辻斬りの秘剣〝死突き〟。父の仇を討つために決死の少年。安田平兵衛は相撃ち覚悟で敵を迎えた！

鳥羽 亮
さむらい 青雲の剣
極貧生活の母子三人、東軍流剣術研《とうぐんりゅうけんじゅつけん》鑽《さん》の日々の秋月信介《あきづきしんすけ》。待っていたのは父を死に追いやった藩の政争の再燃。

鳥羽 亮
さむらい 死恋の剣
浪人者に絡まれた武家娘を救った一刀流の待田恭四郎。対立する派の娘と知りながら、許されざる恋に……。

祥伝社文庫の好評既刊

鳥羽 亮
必殺剣「二胴《ふたつどう》」
壮絶な太刀筋、必殺剣「二胴」。父を殺され、仲間も次々と屠《ほふ》られる中、小野寺左内はついに怨讐《おんしゅう》の敵と！

鳥羽 亮
覇剣 武蔵と柳生兵庫助
殺人剣《さつにんけん》と活人剣《かつにんけん》。時代に遅れて来た武蔵が、覇を唱えた柳生新陰流に挑む！新・剣豪小説！

鳥羽 亮
真田幸村の遺言 上 奇謀
〈徳川を盗れ！〉戦国随一の智将が遺した豊臣家起死回生の策とは!? 豪剣・秘剣・忍術が入り乱れる興奮の時代小説！

鳥羽 亮
真田幸村の遺言 下 覇の刺客
江戸城〈夏の陣〉最後の天下分け目の戦――将軍の座を目前にした吉宗に立ちはだかるは御三家筆頭・尾張！

岡本さとる
取次屋栄三《えいざ》
武家と町人のいざこざを知恵と腕力で丸く収める秋月栄三郎。縄田一男氏激賞の「笑える、泣ける」傑作時代小説。

岡本さとる
がんこ煙管《ぎせる》 取次屋栄三②
栄三郎、頑固親爺と対決！「楽しい。面白い。気持ちいい。ありがとうと言いたくなる作品」と細谷正充氏絶賛！

祥伝社文庫の好評既刊

岡本さとる
若の恋 取次屋栄三③
名取裕子さんもたちまち栄三の虜に！「胸がすーっとして、あたしゃ益々惚れちまったぉ！」大好評の第三弾！

岡本さとる
千の倉より 取次屋栄三④
「こんなお江戸に暮らしてみたい」と、日本の心を歌いあげる歌手・千昌夫さんも感銘を受けたシリーズ第四弾！

野口　卓
軍鶏《しゃも》侍
闘鶏の美しさに魅入られた隠居剣士が、藩の政争に巻き込まれる。流麗な筆致で武士の哀切を描く。

野口　卓
獺祭《だっさい》 軍鶏侍②
細谷正充氏、驚嘆！　侍として峻烈に生き、剣の師として弟子たちの成長に悩み、温かく見守る姿を描いた傑作。

野口　卓
飛翔 軍鶏侍③
小椰治宣氏、感嘆！　冒頭から読み心地抜群。師と弟子が互いに成長していく成長譚としての味わい深さ。

野口　卓
猫の椀
縄田一男氏賞賛。「短編作家・野口卓の腕前もまた、嬉しくなるほど極上なのだ」江戸に生きる人々を温かく描く短編集。